Conrad Ferdinand Meyer

Sämtliche Gedichte

Mit einem Nachwort von
Sjaak Onderdelinden

Philipp Reclam jun. Stuttgart

Der Text folgt: Conrad Ferdinand Meyer: Sämtliche Werke. Historisch-kritische Ausgabe. Besorgt von Hans Zeller und Alfred Zäch. Erster Band: Gedichte. Herausgegeben von Hans Zeller. Bern: Benteli, 1963.

Umschlagabbildung: Conrad Ferdinand Meyer. Radierung von Karl Stauffer-Bern, 1887.

Universal-Bibliothek Nr. 9885

Gesamtherstellung: Reclam, Ditzingen. Printed in Germany 1997
RECLAM und UNIVERSAL-BIBLIOTHEK sind eingetragene Marken der Philipp Reclam jun. GmbH & Co., Stuttgart
ISBN 3-15-009885-8

Zur neuen Auflage

Mit dem Stifte les ich diese Dinge,
Auf der Rasenbank im Freien sitzend,
Plötzlich zuckt mir einer Vogelschwinge
Schatten durch die Lettern freudig blitzend.

Was da steht, ich hab es tief empfunden
Und es bleibt ein Stück von meinem Leben –
Meine Seele flattert ungebunden
Und ergötzt sich drüberhinzuschweben.

Inhalt

III IN DEN BERGEN

IV REISE

V LIEBE

IX MÄNNER

I

Vorsaal

Fülle

Genug ist nicht genug! Gepriesen werde
Der Herbst! Kein Ast, der seiner Frucht entbehrte!
Tief beugt sich mancher allzureich beschwerte,
Der Apfel fällt mit dumpfem Laut zur Erde.

Genug ist nicht genug! Es lacht im Laube!
Die saftge Pfirsche winkt dem durstgen Munde!
Die trunknen Wespen summen in die Runde:
»Genug ist nicht genug!« um eine Traube.

Genug ist nicht genug! Mit vollen Zügen
Schlürft Dichtergeist am Borne des Genusses,
Das Herz, auch es bedarf des Überflusses,
Genug kann nie und nimmermehr genügen!

Das heilige Feuer

Auf das Feuer mit dem goldnen Strahle
Heftet sich in tiefer Mitternacht
Schlummerlos das Auge der Vestale,
Die der Göttin ewig Licht bewacht.

Wenn sie schlummerte, wenn sie entschliefe,
Wenn erstürbe die versäumte Glut,
Eingesargt in Gruft und Grabestiefe
Würde sie, wo Staub und Moder ruht.

Eine Flamme zittert mir im Busen,
Lodert warm zu jeder Zeit und Frist,

Die entzündet durch den Hauch der Musen
Ihnen ein beständig Opfer ist.

Und ich hüte sie mit heilger Scheue,
Daß sie brenne rein und ungekränkt;
Denn ich weiß, es wird der ungetreue
Wächter lebend in die Gruft versenkt.

Schillers Bestattung

Ein ärmlich düster brennend Fackelpaar, das Sturm
Und Regen jeden Augenblick zu löschen droht.
Ein flatternd Bahrtuch. Ein gemeiner Tannensarg
Mit keinem Kranz, dem kargsten nicht, und kein Geleit!
Als brächte eilig einen Frevel man zu Grab.
Die Träger hasteten. Ein Unbekannter nur,
Von eines weiten Mantels kühnem Schwung umweht,
Schritt dieser Bahre nach. Der Menschheit Genius war's.

Liederseelen

In der Nacht, die die Bäume mit Blüten deckt,
Ward ich von süßen Gespenstern erschreckt,
Ein Reigen schwang im Garten sich,
Den ich mit leisem Fuß beschlich;
Wie zarter Elfen Chor im Ring
Ein weißer lebendiger Schimmer ging.
Die Schemen hab ich keck befragt:
Wer seid ihr, luftige Wesen? Sagt!

»Ich bin ein Wölkchen, gespiegelt im See.«
»Ich bin eine Reihe von Stapfen im Schnee.«
»Ich bin ein Seufzer gen Himmel empor!«

»Ich bin ein Geheimnis, geflüstert ins Ohr.«
»Ich bin ein frommes, gestorbenes Kind.«
»Ich bin ein üppiges Blumengewind –«
»Und die du wählst, und der's beschied
Die Gunst der Stunde, die wird ein Lied.«

Schwarzschattende Kastanie

Schwarzschattende Kastanie,
Mein windgeregtes Sommerzelt,
Du senkst zur Flut dein weit Geäst,
Dein Laub, es durstet und es trinkt,
Schwarzschattende Kastanie!
Im Porte badet junge Brut
Mit Hader oder Lustgeschrei,
Und Kinder schwimmen leuchtend weiß
Im Gitter deines Blätterwerks,
Schwarzschattende Kastanie!
Und dämmern See und Ufer ein
Und rauscht vorbei das Abendboot,
So zuckt aus roter Schiffslatern
Ein Blitz und wandert auf dem Schwung
Der Flut, gebrochnen Lettern gleich,
Bis unter deinem Laub erlischt
Die rätselhafte Flammenschrift,
Schwarzschattende Kastanie!

Nachtgeräusche

Melde mir die Nachtgeräusche, Muse,
Die ans Ohr des Schlummerlosen fluten!
Erst das traute Wachtgebell der Hunde,
Dann der abgezählte Schlag der Stunde,

Dann ein Fischer-Zwiegespräch am Ufer,
Dann? Nichts weiter als der ungewisse
Geisterlaut der ungebrochnen Stille,
Wie das Atmen eines jungen Busens,
Wie das Murmeln eines tiefen Brunnens,
Wie das Schlagen eines dumpfen Ruders,
Dann der ungehörte Tritt des Schlummers.

Die toten Freunde

Das Boot stößt ab von den Leuchten des Gestads.
Durch rollende Wellen dreht sich der Schwung des Rads.
Schwarz qualmt des Rohres Rauch ... Heut hab ich schlecht,
Das heißt mit lauter jungem Volk gezecht –

Du, der gestürzt ist mit zerschossener Stirn,
Und du, verschwunden auf einer Gletscherfirn,
Und du, verlodert wie schwüler Blitzesschein,
Meine toten Freunde, saget, gedenkt ihr mein?

Wogen zischen um Boot und Räderschlag,
Dazwischen jubelt ein dumpfes Zechgelag,
In den Fluten braust ein sturmgedämpfter Chor,
Becher läuten aus tiefer Nacht empor.

Der schöne Tag

In kühler Tiefe spiegelt sich
Des Juli-Himmels warmes Blau,
Libellen tanzen auf der Flut,
Die nicht der kleinste Hauch bewegt.

Zwei Knaben und ein ledig Boot –
Sie sprangen jauchzend in das Bad,

Der eine taucht gekühlt empor,
Der andre steigt nicht wieder auf.

Ein wilder Schrei: »Der Bruder sank!«
Von Booten wimmelt's schon. Man fischt.
Den einen rudern sie ans Land,
Der fahl wie ein Verbrecher sitzt.

Der andre Knabe sinkt und sinkt
Gemach hinab, ein Schlummernder,
Geschmiegt das sanfte Lockenhaupt
An einer Nymphe weiße Brust.

Über einem Grabe

Blüten schweben über deinem Grabe.
Schnell umarmte dich der Tod, o Knabe,
Den wir alle liebten, die dich kannten,
Dessen Augen wie zwei Sonnen brannten,
Dessen Blicke Seelen unterjochten,
Dessen Pulse stark und feurig pochten,
Dessen Worte schon die Herzen lenkten,
Den wir weinend gestern hier versenkten.

Maiennacht. Der Sterne mildes Schweigen ...
Dort! ich seh es aus der Erde steigen!
Unterm Rasen quillt hervor es leise,
Flatterflammen drehen sich im Kreise,
Ungelebtes Leben zuckt und lodert
Aus der Körperkraft, die hier vermodert,
Abgemähter Jugend letztes Walten,
Letzte Glut verraucht in Wunschgestalten,
Ein blasse Jagd:

Voran ein Zecher,
In der Faust den überfüllten Becher!

Wehnde Locken will der Buhle fassen,
Die entflatternd nicht sich haschen lassen,
Lustgestachelt rast er hinter jenen,
Ein verhülltes Mädchen folgt in Tränen.
Durch die Brandung mit verstürmten Haaren
Seh ich einen kühnen Schiffer fahren.
Einen jungen Krieger seh ich toben,
Helmbedeckt, das lichte Schwert erhoben.
Einer stürzt sich auf die Rednerbühne,
Weites Volksgetos beherrscht der Kühne.
Ein Gedräng, ein Kämpfen, Ringen, Streben!
Arme strecken sich und Kränze schweben –

Kränze, wenn du lebtest, dir beschieden,
Nicht erreichte!
Knabe, schlaf in Frieden!

Der Marmorknabe

In der Capuletti Vigna graben
Gärtner, finden einen Marmorknaben,
Meister Simon holen sie herbei,
Der entscheide, welcher Gott es sei.

Wie den Fund man dem Gelehrten zeigte,
Der die graue Wimper forschend neigte,
Kniet' ein Kind daneben: Julia,
Die den Marmorknaben finden sah.

»Welches ist dein süßer Name, Knabe?
Steig ans Tageslicht aus deinem Grabe!
Eine Fackel trägst du? Bist beschwingt?
Amor bist du, der die Herzen zwingt?«

Meister Simon, streng das Bild betrachtend,
Eines Kindes Worte nicht beachtend,

Spricht: »Er löscht die Fackel. Sie verloht.
Dieser schöne Jüngling ist der Tod.«

Liebesflämmchen

Die Mutter mahnt mich abends:
»Trag Sorg zur Ampel, Kind!
Jüngst träumte mir von Feuer –
Auch weht ein wilder Wind.«

Das Flämmchen auf der Ampel,
Ich lösch es mit Bedacht,
Das Licht in meinem Herzen
Brennt durch die ganze Nacht.

Die Mutter ruft mich morgens:
»Kind, hebe dich! 's ist Tag!«
Sie pocht an meiner Türe
Dreimal mit starkem Schlag

Und meint, sie habe grausam
Mich aus dem Schlaf geschreckt –
Das Licht in meinem Herzen
Hat längst mich aufgeweckt.

Brautgeleit

Ich sehe dich, den Kranz im Haar,
Die zur Vermählung schreitet,
Von einer jungen Genienschar
Umjubelt und begleitet.

Ein kleines Heer, ein feines Heer,
Sind alles deine Schwestern.

Du bist sie und bist sie nicht mehr
Und warest sie noch gestern.

Wer gibt Geleit mit Lustgetön
Dem stillen Hochzeitpaare?
Das sind, bekränzt mit Rosen schön,
All deine raschen Jahre.

Voran ein Kindlein weint und lacht,
Vom Mutterarm getragen,
Das zweite setzt die Füßchen sacht
Und schreitet noch mit Zagen.

Es folgen Stufen mannigfalt
Des jungen Menschenbildes,
Mit einem scheuen Kinde wallt
Ein Mägdlein schon, ein wildes.

Dann ist ein frisches, minniges
Lenzangesicht zu schauen,
Und dann ein blasses, inniges
Antlitz mit ernsten Brauen.

Nun eines noch, versunken ganz,
In still verklärten Zügen,
Erfüllung in des Blickes Glanz
Und seliges Genügen.

Jetzt trittst du durch das Kirchentor,
Dich ewig zu verbinden,
Die Mädchen bleiben all davor,
Vergehen und verschwinden.

Hochzeitslied

Aus der Eltern Macht und Haus
Tritt die züchtge Braut heraus
An des Lebens Scheide –
Geh und lieb und leide!

Freigesprochen, unterjocht,
Wie der junge Busen pocht
Im Gewand von Seide –
Geh und lieb und leide!

Frommer Augen helle Lust
Überstrahlt an voller Brust
Blitzendes Geschmeide –
Geh und lieb und leide!

Merke dir's, du blondes Haar:
Schmerz und Lust Geschwisterpaar,
Unzertrennlich beide –
Geh und lieb und leide!

Die Jungfrau

Wo sah ich, Mädchen, deine Züge,
Die drohnden Augen lieblich wild,
Noch rein von Eitelkeit und Lüge?
Auf Buonarrotis großem Bild:

Der Schöpfer senkt sich sachten Fluges
Zum Menschen, welcher schlummernd liegt,
Im Schoße seines Mantelbuges
Ruht himmlisches Gesind geschmiegt:

Voran ein Wesen, nicht zu nennen,
Von Gottes Mantel keusch umwallt,

Des Weibes Züge, zu erkennen
In einer schlanken Traumgestalt.

Sie lauscht, das Haupt hervorgewendet,
Mit Augen schaut sie, tief erschreckt,
Wie Adam Er den Funken spendet
Und seine Rechte mahnend reckt.

Sie sieht den Schlummrer sich erheben,
Der das bewußte Sein empfängt,
Auch sie sehnt dunkel sich zu leben,
An Gottes Schulter still gedrängt –

So harrst du vor des Lebens Schranke,
Noch ungefesselt vom Geschick,
Ein unentweihter Gottgedanke,
Und öffnest staunend deinen Blick.

Die Fei

Mondnacht und Flut. Sie hangt am Kiel,
Umklammert mit den Armen ihn,
Sie treibt ein grausam lüstern Spiel,
Den Nachen in den Grund zu ziehn.

Der Ferge stöhnt: »In Seegesträuch
Reißt nieder uns der blanke Leib!
Rasch, Herr! Von Sünde reinigt Euch,
Begehrt Ihr heim zu Kind und Weib!«

Der Ritter hält den Schwertesgriff
Sich als das heilge Zeichen vor –
Aus dunkeln Haaren lauscht am Schiff
Ein schmerzlich bleiches Haupt empor.

»Herr Christ! Ich beichte Rittertat,
Streit, Flammenschein und strömend Blut,

Doch nichts von Frevel noch Verrat,
Denn Treu und Glauben hielt ich gut.«

Er küßt das Kreuz. Gell schreit die Fee!
Auflangen sieht er eine Hand
Am Steuer, blendend weiß wie Schnee,
Und starrt darauf, von Graun gebannt.

»Herr Christ! Ich beichte Missetat!
Ich brach den Glauben und die Treu,
Ich übt' an einem Lieb Verrat.
Es starb. Ich tue Leid und Reu!«

Sie löst die Arme. Sie versinkt.
Das Ruder schlägt. Der Nachen fliegt.
Vom Strand das Licht des Erkers winkt,
Wo Weib und Kind ihm schlummernd liegt.

Die Dryas

O Liebe, wie schnell verrinnest du,
Du flüchtige, schöne Stunde,
Mit einer Wunde beginnest du
Und endest mit einer Wunde.

Ein Jüngling irrt in Waldesraum,
Umspielt von goldnen Schimmern,
Und späht nach einem schönen Baum,
Sich draus ein Boot zu zimmern.

»Jungeiche mit dem stolzen Wuchs,
Du bist mir gleich die rechte,
Dich zeichn' ich mit dem Beile flugs,
Dann ruf ich meine Knechte.«

Er führt den Streich. Ein schmerzlich Ach
Macht jählings ihn erbleichen.

»Ich sterbe!« stöhnt's im Stamme schwach,
»Die jüngste dieser Eichen!«

Ein Tröpfchen Blutes oder zwei
Sieht er am Beile hangen
Und schleudert's weg mit einem Schrei,
Als hätt' er Mord begangen.

Schnell flüstert's aus dem Baume jetzt:
»Der Mord ist nicht vollendet!
Ich bin nur leicht am Arm verletzt.
Ich hatt' mich umgewendet.«

»Komm, Göttin«, fleht er, »Waldeskind,
Daß ich Vergebung finde!«
Die Schultern schmiegend schlüpft geschwind
Die Dryas aus der Rinde.

Ein Dämmer lag auf Stirn und Haar,
Ein Brüten und ein Weben,
Von grünen Blätterschatten war
Der schlanke Wuchs umgeben.

Er fing den Arm zu küssen an,
Die Stelle mit dem Hiebe,
Und der er viel zu leid getan,
Die tat ihm viel zu liebe.

»In meinem Baum – ist lauter Traum« ...
Sie schlüpft zurück behende
Und lispelt in den Waldesraum:
»Ich weiß, wen ich dir sende!«

Der Botin Biene Dienst ist schwer,
Sie muß sich redlich plagen,
Honig und Wermut hin und her,
Waldaus, waldein zu tragen.

Einmal kam Bienchen wild gebrummt.
»Dryas, mich kann's entrüsten!«
Es setzt sich an den Stamm und summt:
»Ich sah's, wie sie sich küßten!

Sie ist ein blühend Nachbarkind,
Muß ihn beständig necken –
Dich läßt er nun bei Wetter und Wind
In deinem Baume stecken!«

Ein schmerzlich Ach, als wände sich
Ein schlanker Leib und stürbe!
Das Laub vergilbt, die Krone blich,
Die Rinde bröckelt mürbe.

Ein Lied Chastelards

Sehnsucht ist Qual!
Der Herrin wag ich's nicht zu sagen,
Ich will's den dunkeln Eichen klagen
Im grünen Tal:
Sehnsucht ist Qual.

Mein Leib vergeht
Wie schmelzend Eis in bleichen Farben,
Sie sieht mich dursten, lechzen, darben,
Bleibt unerfleht –
Mein Leib vergeht.

Doch mag es sein,
Daß sie an ihrer Macht sich weide!
Ergetzt sie grausam sich an meinem Leide,
So denkt sie mein –
Drum mag es sein.

Sehnsucht ist Qual!
Dem Kühnsten macht die Folter bange,
Ein Grab, darin ich nichts verlange,
Gib mir, o Tal!
Sehnsucht ist Qual.

Die kleine Blanche

An dem kleinen Hofe von Navarra
War das Leben eine lose Fabel,
Eine drohnde oder heitre Maske,
Eine überraschende Novelle,
Ein phantastisch wahrheitloses Schauspiel –
Der am Hofe war auf kurzen Urlaub,
Hauptmann Duplessis saß vor der Bühne,
Drauf ein Mädchen an verratner Liebe
Starb. Im letzten Akte lag sie marmorn
Auf dem Grabmal als ihr eigen Bildnis,
Schluchzend rang die Hände der Verräter,
Sieh! da hob sie sachte sich und lebte.
Andern Tages wandelte der Hauptmann
In des Schlosses irrsam dunkeln Gärten,
An die zarte kleine Blanche denkend,
Die er schnell geküßt und schnell verraten –
Etwas sieht er schimmern durch Zypressen:
Auf dem Grabmal liegt die kleine Blanche
Marmorn. An dem Sockel ist zu lesen:
»Blanche schlummert nach verratner Liebe.«
»Heb dich, kleine Blanche!« ruft der Hauptmann.
»Wickle dich aus deinen weißen Tüchern!
Spiel nicht mit dem Tode, kleine Blanche!«
Doch der Marmor fühlte nichts. Es fühlte
Nichts, die drunter schläft. Sie starb im Ernste.

Die gelöschten Kerzen

Ein gewaltger Herd mit glühnden Kohlen
Und zwei hellen Kerzen auf dem Simse,
Dran ein plaudernd Paar: ein narbger Feldherr
In der Majestät des Greisenalters
Und ein unbefangnes Kind der Neuzeit,
Ein geliebter und verzogner Neffe.
Würdevoll erzählt der Greis von weiland,
Von Verschollnem oder halb Verschollnem.
»Damals warst du noch ein Ungeborner,
Neffe«, sagt er, »oder in den Windeln« ...
Auf dem Herde zuckt ein blaues Flämmchen,
Ein vergeßnes Flämmchen aus der Asche,
Und die beiden sehn den Irrwisch tanzen,
Und der Irrwisch unversehens springt er
Auf des Jünglings blühend kecke Lippen:
»Ohm, wie war es denn mit der Camargo?«
Der Benarbte lächelt. »Wissen willst du
Das mit der Camargo?« – Eine Kerze
Haucht er aus und auch die andre Kerze.
»Du erlaubst? Nur daß ich nicht erröte!
Also ...« Durch das Dunkel glühn die Kohlen.
Und der Jüngling streicht ein Holz, die eine
Kerze flammt er an und dann die andre:
»Ohm, wie war's denn mit dem Sturm auf Düppel?«

Fingerhütchen

Liebe Kinder, wißt ihr, wo
Fingerhut zu Hause?
Tief im Tal von Acherloo
Hat er Herd und Klause;
Aber schon in jungen Tagen
Muß er einen Höcker tragen,

Geht er, wunderlicher nie
Wallte man auf Erden!
Sitzt er, staunen Kinn und Knie,
Daß sie Nachbarn werden.

Körbe flicht aus Binsen er,
Früh und spät sich regend,
Trägt sie zum Verkauf umher
In der ganzen Gegend,
Und er gäbe sich zufrieden,
Wär' er nicht im Volk gemieden;
Denn man zischelt mancherlei:
Daß ein Hexenmeister,
Daß er kräuterkundig sei
Und im Bund der Geister.

Solches ist die Wahrheit nicht,
Ist ein leeres Meinen,
Doch das Volk im Dämmerlicht
Schaudert vor dem Kleinen.
So die Jungen wie die Alten
Weichen aus dem Ungestalten –
Doch vorüber wohlgemut
Auf des Schusters Räppchen
Trabt er. Blauer Fingerhut
Nickt von seinem Käppchen.

Einmal geht er heim bei Nacht
Nach des Tages Lasten,
Hat den halben Weg gemacht,
Darf ein bißchen rasten,
Setzt sich und den Korb daneben,
Schimmernd hebt der Mond sich eben:
Fingerhut ist gar nicht bang,
Ihm ist gar nicht schaurig,
Nur daß noch der Weg so lang,
Macht den Kleinen traurig.

Etwas hört er klingen fein –
Nicht mit rechten Dingen,
Mitten aus dem grünen Rain
Ein melodisch Singen:
»Silberfähre, gleitest leise« –
Schon verstummt die kurze Weise.
Fingerhütchen spähet scharf
Und kann nichts entdecken,
Aber was er hören darf,
Ist nicht zum Erschrecken.

Wieder hebt das Liedchen an
Unter Busch und Hecken,
Doch es bleibt der Reimgespan
Stets im Hügel stecken.
»Silberfähre, gleitest leise« –
Wiederum verstummt die Weise.
Lieblich ist, doch einerlei
Der Gesang der Elfen,
Fingerhütchen fällt es bei,
Ihnen einzuhelfen.

Fingerhütchen lauert still
Auf der Töne Leiter,
Wie das Liedchen enden will,
Führt er leicht es weiter:
»Silberfähre, gleitest leise« –
»Ohne Ruder, ohne Gleise.«
Aus dem Hügel ruft's empor:
»Das ist dir gelungen!«
Unterm Boden kommt hervor
Kleines Volk gesprungen.

»Fingerhütchen, Fingerhut«,
Lärmt die tolle Runde,
»Faß dir einen frischen Mut!
Günstig ist die Stunde!

Silberfähre, gleitest leise
Ohne Ruder, ohne Gleise!
  Dieses hast du brav gemacht,
  Lernet es, ihr Sänger!
  Wie du es zustand gebracht,
  Hübscher ist's und länger!

  Zeig dich einmal, schöner Mann!
  Laß dich einmal sehen!
  Vorn zuerst und hinten dann!
  Laß dich einmal drehen!
Weh! Was müssen wir erblicken!
Fingerhütchen, welch ein Rücken!
  Auf der Schulter, liebe Zeit,
  Trägst du grause Bürde!
  Ohne hübsche Leiblichkeit
  Was ist Geisteswürde?

  Eine ganze Stirne voll
  Glücklicher Gedanken,
  Unter einem Höcker soll
  Länger nicht sie schwanken!
Strecket euch, verkrümmte Glieder!
Garstger Buckel, purzle nieder!
  Fingerhut, nun bist du grad,
  Deines Fehls genesen!
  Heil zum schlanken Rückengrat!
  Heil zum neuen Wesen!«

  Plötzlich steckt der Elfenchor
  Wieder tief im Raine,
  Aus dem Hügelrund empor
  Tönt's im Mondenscheine:
»Silberfähre, gleitest leise
Ohne Ruder, ohne Gleise.«
  Fingerhütchen wird es satt,
  Wäre gern daheime,

Er entschlummert laß und matt
An dem eignen Reime.

Schlummert eine ganze Nacht
Auf derselben Stelle,
Wie er endlich auferwacht,
Scheint die Sonne helle:
Kühe weiden, Schafe grasen
Auf des Elfenhügels Rasen.
Fingerhut ist bald bekannt,
Läßt die Blicke schweifen,
Sachte dreht er dann die Hand,
Hinter sich zu greifen.

Ist ihm Heil im Traum geschehn?
Ist das Heil die Wahrheit?
Wird das Elfenwort bestehn
Vor des Tages Klarheit?
Und er tastet, tastet, tastet:
Unbebürdet! Unbelastet!
»Jetzt bin ich ein grader Mann!«
Jauchzt er ohne Ende,
Wie ein Hirschlein jagt er dann
Über Feld behende.

Fingerhut steht plötzlich still,
Tastet leicht und leise,
Ob er wieder wachsen will?
Nein, in keiner Weise!
Selig preist er Nacht und Stunde,
Da er sang im Geisterbunde –
Fingerhütchen wandelt schlank,
Gleich als hätt' er Flügel,
Seit er schlummernd niedersank
Nachts am Elfenhügel.

Traumbesitz

»Fremdling, unter diesem Schutte
Wölbt sich eine weite Halle,
Blüht des Inka goldner Garten,
Prangt der Sessel meines Ahns!

Alles Laub und alle Früchte
Und die Vögel auf den Ästen
Und die Fischlein in den Teichen
Sind vom allerfeinsten Gold.«

»Knabe, du bist zart und dürftig,
Deine greisen Eltern darben –
Warum gräbst du nicht die nahen
Schätze, die dein Erbe sind?«

»Solches, Fremdling, wäre sündlich!
Nein, ich lasse mir genügen
An dem kleinen Weizenfelde,
Das mir oben übrig blieb.

Im Geheimnis meines Herzens,
Mit den Augen meines Geistes
Schwelg ich in den lichten Wundern,
In dem unermeßnen Hort:

O des Glanzes! O der Fülle!
Siehst du dort die Büschel Maises
Mit den schöngeformten Kolben?
Siehst du dort den goldnen Thron?«

Die gefesselten Musen

Es herrscht' ein König irgendwo
In Dazien oder Thrazien,

Den suchten einst die Musen heim,
Die Musen mit den Grazien.

Statt milden Nektars, Rebenblut
Geruhten sie zu nippen,
Die Seele des Barbaren hing
An ihren sel'gen Lippen.

Erst sang ein jedes Himmelskind
Im Tone, der ihm eigen,
Dann schritt der ganze Chor im Takt
Und trat den blühnden Reigen.

Der König klatschte: »Morgen will
Ich wieder euch bestaunen.«
Die Musen schüttelten das Haupt:
»Das hangt an unsern Launen.«

»An euern Launen? ...« Der Despot
Begann zu schmähn und lästern.
»Ihr Knechte«, schrie er, »Fesseln her!«
Und fesselte die Schwestern.

Der König wacht', um Mitternacht
Vernahm er leises Schreiten,
Geflüster: »Seid ihr alle da?«
Und Schüttern zarter Saiten.

Er fuhr empor. »Den hellen Chor
Ergreift, getreue Wächter!«
Die Schergen griffen in die Luft
Und silbern klang Gelächter.

Am Morgen war der Kerker leer,
Der Reigen über die Grenze –
Drin hingen statt der Ketten schwer
Zerrißne Blumenkränze.

II

Stunde

Morgenlied

Mit edeln Purpurröten
Und hellem Amselschlag,
Mit Rosen und mit Flöten
Stolziert der junge Tag.
Der Wanderschritt des Lebens
Ist noch ein leichter Tanz,
Ich gehe wie im Reigen
Mit einem frischen Kranz.

Ihr taubenetzten Kränze
Der neuen Morgenkraft,
Geworfen aus den Lüften
Und spielend aufgerafft –
Wohl manchen ließ ich welken
Noch vor der Mittagsglut;
Zerrissen hab ich manchen
Aus reinem Übermut!

Mit edeln Purpurröten
Und hellem Amselschlag,
Mit Rosen und mit Flöten
Stolziert der junge Tag –
Hinweg, du dunkle Klage,
Aus all dem Licht und Glanz!
Den Schmerz verlorner Tage
Bedeckt ein frischer Kranz.

Eppich

Eppich, mein alter Hausgesell,
Du bist von jungen Blättern hell,
Dein Wintergrün, so still und streng,
Verträgt sich's mit dem Lenzgedräng?

»Warum denn nicht? Wie meines hat
Dein Leben alt und junges Blatt,
Eins streng und dunkel, eines licht
Von Lenz und Lust! Warum denn nicht?«

Das tote Kind

Es hat den Garten sich zum Freund gemacht,
Dann welkten es und er im Herbste sacht,
Die Sonne ging und es und er entschlief,
Gehüllt in *eine* Decke weiß und tief.

Jetzt ist der Garten unversehns erwacht,
Die Kleine schlummert fest in ihrer Nacht.
»Wo steckst du?« summt es dort und summt es hier.
Der ganze Garten frägt nach ihr, nach ihr.

Die blaue Winde klettert schlank empor
Und blickt ins Haus: »Komm hinterm Schrank hervor!
Wo birgst du dich? Du tust dir's selbst zu leid!
Was hast du für ein neues Sommerkleid?«

Lenz Wanderer, Mörder, Triumphator

I

Ich lag an einem Raine
Mit meinem dürren Stab.
Was lauf ich? Meine Beine
Erlaufen nur das Grab ...

Ein Wandrer zog derenden,
War noch ein Knabe fast,
Der hielt als Stab in Händen
Den blütenreichsten Ast.

»Grüß' Gott dich, schöner Wandrer!
Bist du es, Knabe Lenz?«
Er rief: »Ich bin kein andrer
Und komme von Florenz!«

Das mußte mich erwecken.
»Kind Lenz, ich wandre mit!«
Wir hoben unsre Stecken
In *einem* Schritt und Tritt.

Die beiden Stäbe hoben
Kind Lenz und ich zugleich;
Auch meiner ward von oben
Bis unten blütenreich.

II

Nieder trägt der warme Föhn
Der Lauine fern Getön,
Hinter jenen hohen Föhren
Kann den dumpfen Schlag ich hören.

In des Lenzes blauen Schein
Aus der Scholle dunkelm Schrein

Drängt und drückt das neue Leben,
Lüftet Kleid und Decken eben –

Von derselben Kraft und Lust
Wächst das Herz mir in der Brust,
Heute kann es noch sich dehnen
Mit den Liedern, mit den Tränen!

Aber blauen wird ein Tag,
Da sich's nicht mehr dehnen mag –
Mit den Veilchen, mit den Flöten
Kommt mich dann der Lenz zu töten.

III

Frühling, der die Welt umblaut,
Frühling mit der Vöglein Laut,
Deine blühnden Siegespforten
Allerenden, allerorten
Hast du niedrig aufgebaut!

Ungebändigt, kreuz und quer,
Über alle Pfade her
Schießen blütenschwere Zweige,
Daß dir jedes Haupt sich neige,
Und die Demut ist nicht schwer.

Maientag

Englein singen aus dem blauen Tag,
Mägdlein singen hinterm Blütenhag,
Jubelnd mit dem ganzen Lenzgesind
Singt mir in vernarbter Brust – ein Kind.

Was treibst du, Wind?

Was treibst du, Wind,
Du himmlisches Kind?
Du flügelst und flügelst umsonst in der Luft!
»Nicht Wanderscherz!
Ich nähre das Herz
Mit Erdgeruch und Waldesduft!«

Was bringst du, Wind,
Du himmlisches Kind?
»Einen Morgengruß, einen Schrei der Lust!«
Aus Vogelkehle nur?
Aus Lerchenseele nur?
»Nein, nein! Aus voller Menschenbrust!«

Was trägst du, Wind,
Du himmlisches Kind?
»Seeüber ein wallend, ein hallend Geläut!«
Senken sie ein
Den Totenschrein?
»Nein, nein! Sie halten Hochzeit heut!«

Lenzfahrt

Am Himmel wächst der Sonne Glut,
Aufquillt der See, das Eis zersprang,
Das erste Segel teilt die Flut,
Mir schwillt das Herz wie Segeldrang.

Zu wandern ist das Herz verdammt,
Das seinen Jugendtag versäumt,
Sobald die Lenzessonne flammt,
Sobald die Welle wieder schäumt.

Verscherzte Jugend ist ein Schmerz
Und einer ewgen Sehnsucht Hort,
Nach seinem Lenze sucht das Herz
In einem fort, in einem fort!

Und ob die Locke dir ergraut
Und bald das Herz wird stille stehn,
Noch muß es, wann die Welle blaut,
Nach seinem Lenze wandern gehn.

Lenz, wer kann dir widerstehn?

Jedem, außer an die Toten,
Sendet Frühling einen Boten,
Ein Gezwitscher aus den Lüften,
Eines Wölkchens helles Wehn,
Einer roten Knospe Springen,
Irgend ein verstohlnes Düften,
Oder ein verlornes Singen –
Lenz, wer kann dir widerstehn?

Durch das Wiesengrün, das linde,
Wandr' ich mit dem eignen Kinde
Und es kann an Murmelbächen
Nicht mit stummen Lippen gehn –
Wann die Knospen alle brechen,
Wollen Lippen sich entfalten,
Auf den jungen, auf den alten
Will ein kleines Lied entstehn.

Lieb und Lust und Leben saugen
Will ich aus den Kinderaugen,
In dem Blicke meiner Kleinen
Will ich nach dem Himmel spähn,
Ja, es ist das gleiche Scheinen

Hier im Blauen, dort im Blauen,
Und das selbige Vertrauen –
Lenz, wer kann dir widerstehn?

Kuckuck ruft! Willst du erfahren
Deine Jahre, gläubge Seele?
Kuckuck ruft im Walde, zähle!
Neun und zehn und mehr als zehn ...
Ei, das will ja gar nicht enden,
Frühling schenkt aus vollen Händen –
Soll auf diesen blonden Haaren
Noch den Myrtenkranz ich sehn? ...

Der Lieblingsbaum

Den ich pflanzte, junger Baum,
Dessen Wuchs mich freute,
Zähl ich deine Lenze, kaum
Sind es zwanzig heute.

Oft im Geist ergötzt es mich,
Über mir im Blauen,
Schlankes Astgebilde, dich
Mächtig auszubauen.

Lichtdurchwirkten Schatten nur
Legst du auf die Matten,
Eh du dunkel deckst die Flur,
Bin ich selbst ein Schatten.

Aber haschen soll mich nicht
Stygisches Gesinde,
Weichen werd ich aus dem Licht
Unter deine Rinde.

Frische Säfte rieseln laut,
Rieseln durch die Stille,
Um mich, in mir webt und baut
Ewger Lebenswille.

Halb bewußt und halb im Traum
Über mir im Lichten
Werd ich, mein geliebter Baum,
Dich zu Ende dichten.

Der verwundete Baum

Sie haben mit dem Beile dich zerschnitten,
Die Frevler – hast du viel dabei gelitten?
Ich selber habe sorglich dich verbunden
Und traue: Junger Baum, du wirst gesunden!
Auch ich erlitt zu schier derselben Stunde
Von schärferm Messer eine tiefre Wunde.
Zu untersuchen komm ich deine täglich
Und meine fühl ich brennen unerträglich.
Du saugest gierig ein die Kraft der Erde,
Mir ist als ob auch ich durchrieselt werde!
Der frische Saft quillt aus zerschnittner Rinde
Heilsam. Mir ist, als ob auch ich's empfinde!
Indem ich *deine* sich erfrischen fühle,
Ist mir, als ob sich *meine* Wunde kühle!
Natur beginnt zu wirken und zu weben,
Ich traue: Beiden geht es nicht ans Leben!
Wie viele, so verwundet, welkten, starben!
Wir beide prahlen noch mit unsern Narben!

Das bittere Trünklein

Ein betrogen Mägdlein irrt im Walde,
Flieht den harten Tag und sucht das Dunkel,
Wirft auf eine Felsenbank sich nieder
Und beginnt zu weinen unersättlich.

In den wettermürben Stein des Felsens
Ist gegraben eine kleine Schale –
Da das Mägdlein sich erhebt zu wandern,
Bleibt die Schale voller bittrer Zähren.

Abends kommt ein Vöglein hergeflattert,
Aus gewohntem Becherlein zu trinken,
Wo sich ihm das Himmelswasser sammelt,
Schluckt und schüttelt sich und fliegt von hinnen.

Abendrot im Walde

In den Wald bin ich geflüchtet,
Ein zu Tod gehetztes Wild,
Da die letzte Glut der Sonne
Längs den glatten Stämmen quillt.

Keuchend lieg ich. Mir zu Seiten
Blutet, siehe, Moos und Stein –
Strömt das Blut aus meinen Wunden?
Oder ist's der Abendschein?

Jetzt rede du!

Du warest mir ein täglich Wanderziel,
Viellieber Wald, in dumpfen Jugendtagen,

Ich hatte dir geträumten Glücks so viel
Anzuvertraun, so wahren Schmerz zu klagen.

Und wieder such ich dich, du dunkler Hort,
Und deines Wipfelmeers gewaltig Rauschen –
Jetzt rede du! Ich lasse dir das Wort!
Verstummt ist Klag und Jubel. Ich will lauschen.

Die Lautenstimmer

Schlummernd jüngst in Waldesraum
Hatt' ich einen hübschen Traum:
Etwas regt sich in der Hecke,
Etwas klimpert im Verstecke.

Das Gesträuch mit leiser Hand
Teilt' ich, bis das Nest ich fand:
Kinder, rings im Grase sitzend,
Mit den hellen Augen blitzend!

Rutschend auf dem nackten Knie,
Stimmten eine Laute sie –
»Sagt, was lagert ihr im Runde?
Sprecht, was schaffet ihr im Bunde?«

Auf das zarte Werk erpicht,
Hörten sie die Frage nicht.
»Seht, wie ist sie zugerichtet!
Wundgerissen! Fast vernichtet!«

Emsig ward geklopft, gespäht,
An den Saiten flink gedreht,
Ließen eine tiefer klingen,
Ließen eine hohe springen –

Endlich klang die Laute rein
Und die Kinder spielten fein,
Bis ich aus dem Traum erwachte
Und mir seinen Sinn bedachte:

Dumpf entschlummert, jetzo hell,
Ganz ein anderer Gesell!
Was die Kinder ohne Fehle
Stimmten, es war meine Seele!

Sonntags

Ich liebe, Nymphe, deine keusche Flut,
Die kühl im allertiefsten Walde ruht.
Du spiegelst weder Stadt noch Firneschnee,
Den Himmel schimmerst du, mein kleiner See!
Dein Antlitz sagt mir alles, rasch erregt,
Was dir das kindliche Gemüt bewegt,
Und leicht erhellt, verdunkelt ohne Grund,
Macht es mir alle deine Launen kund.

Der Kahn, verborgen tief im Schilfe dort,
Gefesselt ist er durch ein Zauberwort.
Nie hat gelöst ihn eine trunkne Schar,
Nie hat sich eine Dirn im Flatterhaar,
Von rohen Buhlen durch den Wald gehetzt,
Vor deinen Spiegel keuchend hingesetzt.
Nie hat ein unstet zuckend Fackelrot
Dir über deine kühle Stirn geloht!

Horch! Stimmen durch den Wald! Ein Lustgeschrei!
Gekreisch! Gewieher! Freches Volk, vorbei!
Den Gassenhauer, liederlich gejohlt –
Schäme dich, Echo! – hast du wiederholt!
Verhülle, Nymphe, deiner Augen Schein,

Verbirg dich tiefer in den Wald hinein!
Und zürnend gegen den Tumult gewandt:
»Hinweg!« gebot ich mit erhobner Hand.

»Nicht näher!« Und im Walde ward es Ruh.
Der Jubel zog sich einer Schenke zu.
Du bliebst in deinem blauen Kleide rein,
In deinem grünen Waldesdämmerschein –
Indessen hat die Sonne sich geneigt,
Wie süß in jedem Blatt die Stille schweigt!
In Tannenduft und unter Himmelsruh,
Bewacht von meinem Blick, entschlummerst du!

Schwüle

Trüb verglomm der schwüle Sommertag,
Dumpf und traurig tönt mein Ruderschlag –
Sterne, Sterne – Abend ist es ja –
Sterne, warum seid ihr noch nicht da?

Bleich das Leben! Bleich der Felsenhang!
Schilf, was flüsterst du so frech und bang?
Fern der Himmel und die Tiefe nah –
Sterne, warum seid ihr noch nicht da?

Eine liebe, liebe Stimme ruft
Mich beständig aus der Wassergruft –
Weg, Gespenst, das oft ich winken sah!
Sterne, Sterne, seid ihr nicht mehr da?

Endlich, endlich durch das Dunkel bricht –
Es war Zeit! – ein schwaches Flimmerlicht –
Denn ich wußte nicht wie mir geschah.
Sterne, Sterne, bleibt mir immer nah!

In Harmesnächten

Die Rechte streckt' ich schmerzlich oft
 In Harmesnächten
Und fühlt' gedrückt sie unverhofft
 Von einer Rechten –
Was Gott ist, wird in Ewigkeit
 Kein Mensch ergründen,
Doch will er treu sich allezeit
 Mit uns verbünden.

Votivtafel

Mit kümmernden Gedanken schlief
Ich ein auf meinem Krankenbett,
Da kam sie, da erschien sie mir
In einem wunderklaren Traum.

Sie war ein Mädchen groß und schlank
Mit feurig blauem Augenlicht,
Sie kam und nahm mich bei der Hand
Und sagte freundlich: »Wirb um mich!

Vertraue! Habe Zuversicht!
Halt an und überleg es nicht!
Halt an und überlaß es mir!
Erbitte mich! Erbitte mich!« –

Da wacht' ich auf im Morgenlicht
Und hob die Hände hoch empor:
Gebt sie, versaget sie mir nicht,
Ihr Götter, sonst bin ich dahin.

Die Göttlichen erhörten mich,
Und wieder atm' ich leichter schon,

Denn siehe die Genesung war's,
Die mir erschien im Morgentraum.

Eingelegte Ruder

Meine eingelegten Ruder triefen,
Tropfen fallen langsam in die Tiefen.

Nichts das mich verdroß! Nichts das mich freute!
Niederrinnt ein schmerzenloses Heute!

Unter mir – ach, aus dem Licht verschwunden –
Träumen schon die schönern meiner Stunden.

Aus der blauen Tiefe ruft das Gestern:
Sind im Licht noch manche meiner Schwestern?

Ein bißchen Freude

Wie heilt sich ein verlassen Herz,
Der dunkeln Schwermut Beute?
Mit Becher-Rundgeläute?
Mit bitterm Spott? Mit frevlem Scherz?
Nein. Mit ein bißchen Freude!

Wie flicht sich ein zerrißner Kranz,
Den jach der Sturm zerstreute?
Wie knüpft sich der erneute?
Mit welchem Endchen bunten Bands?
Mit nur ein bißchen Freude!

Wie sühnt sich die verjährte Schuld,
Die bitterlich bereute?

Mit einem strengen Heute?
Mit Büßerhast und Ungeduld?
Nein. Mit ein bißchen Freude!

Im Spätboot

Aus der Schiffsbank mach ich meinen Pfühl,
Endlich wird die heiße Stirne kühl!
O wie süß erkaltet mir das Herz!
O wie weich verstummen Lust und Schmerz!
Über mir des Rohres schwarzer Rauch
Wiegt und biegt sich in des Windes Hauch.
Hüben hier und wieder drüben dort
Hält das Boot an manchem kleinen Port:
Bei der Schiffslaterne kargem Schein
Steigt ein Schatten aus und niemand ein.
Nur der Steurer noch, der wacht und steht!
Nur der Wind, der mir im Haare weht!
Schmerz und Lust erleiden sanften Tod:
Einen Schlummrer trägt das dunkle Boot.

Vor der Ernte

An wolkenreinem Himmel geht
Die blanke Sichel schön,
Im Korne drunter wogt und weht
Und rauscht und wühlt der Föhn.

Sie wandert voller Melodie
Hochüber durch das Land,
Früh morgen schwingt die Schnittrin sie
Mit sonnenbrauner Hand.

Erntegewitter

Ein jäher Blitz. Der Erntewagen schwankt.
Aus seinen Garben fahren Dirnen auf
Und springen schreiend in die Nacht hinab.
Ein Blitz. Auf einer goldnen Garbe thront
Noch unvertrieben eine frevle Maid,
Der das gelöste Haar den Nacken peitscht.
Sie hebt das volle Glas mit nacktem Arm,
Als brächte sie's der Glut, die sie umflammt,
Und leert's auf einen Zug. Ins Dunkel wirft
Sie's weit und gleitet ihrem Becher nach.
Ein Blitz. Zwei schwarze Rosse bäumen sich.
Die Peitsche knallt. Sie ziehen an. Vorbei.

Schnitterlied

Wir schnitten die Saaten, wir Buben und Dirnen,
Mit nackenden Armen und triefenden Stirnen,
Von donnernden dunkeln Gewittern bedroht –
Gerettet das Korn! Und nicht einer, der darbe!
        Von Garbe zu Garbe
        Ist Raum für den Tod –
Wie schwellen die Lippen des Lebens so rot!

Hoch thronet ihr Schönen auf güldenen Sitzen,
In strotzenden Garben umflimmert von Blitzen –
Nicht eine, die darbe! Wir bringen das Brot!
Zum Reigen! Zum Tanze! Zur tosenden Runde!
        Von Munde zu Munde
        Ist Raum für den Tod –
Wie schwellen die Lippen des Lebens so rot!

Auf Goldgrund

Ins Museum bin zu später
Stunde heut ich noch gegangen,
Wo die Heilgen, wo die Beter
Auf den goldnen Gründen prangen.

Dann durchs Feld bin ich geschritten
Heißer Abendglut entgegen,
Sah, die heut das Korn geschnitten,
Garben auf die Wagen legen.

Um die Lasten in den Armen,
Um den Schnitter und die Garbe
Floß der Abendglut, der warmen,
Wunderbare Goldesfarbe.

Auch des Tages letzte Bürde,
Auch der Fleiß der Feierstunde
War umflammt von heilger Würde,
Stand auf schimmernd goldnem Grunde.

Requiem

Bei der Abendsonne Wandern
Wann ein Dorf den Strahl verlor,
Klagt sein Dunkeln es den andern
Mit vertrauten Tönen vor.

Noch ein Glöcklein hat geschwiegen
Auf der Höhe bis zuletzt.
Nun beginnt es sich zu wiegen,
Horch, mein Kilchberg läutet jetzt!

Abendwolke

So stille ruht im Hafen
Das tiefe Wasser dort,
Die Ruder sind entschlafen,
Die Schifflein sind im Port.

Nur oben in dem Äther
Der lauen Maiennacht,
Dort segelt noch ein später
Friedfertger Ferge sacht.

Die Barke still und dunkel
Fährt hin in Dämmerschein
Und leisem Sterngefunkel
Am Himmel und hinein.

Mein Stern

Oft in meinem Abendwandel hefte
Ich auf einen schönen Stern den Blick,
Zwar sein Zeichen hat besondre Kräfte,
Doch bestimmt und zwingt er kein Geschick.

Nicht geheime Winke will er geben,
Er ist wahr und rein und ohne Trug,
Er beseliget und stärkt das Leben
Mit der tiefsten Sehnsucht stillem Zug.

Nicht versteht er Gottes dunkeln Willen,
Noch der Dinge letzten ewgen Grund,
Wunden heilt er, Schmerzen kann er stillen
Wie das Wort aus eines Freundes Mund.

In die Bangnis, die Bedrängnis funkelt
Er mit seinem hellsten Strahle gern,
Und je mehr die Erde mählich dunkelt,
Desto näher, stärker brennt mein Stern.

Holder! Einen Namen wirst du tragen,
Aber diesen wissen will ich nicht,
Keinen Weisen werd ich darum fragen,
Du mein tröstliches, mein treues Licht!

Mein Jahr

Nicht vom letzten Schlittengleise
Bis zum neuen Flockentraum
Zähl ich auf der Lebensreise
Den erfüllten Jahresraum.

Nicht vom ersten frischen Singen,
Das im Wald geboren ist,
Bis die Zweige wieder klingen,
Dauert mir die Jahresfrist.

Von der Kelter nicht zur Kelter
Dreht sich mir des Jahres Schwung,
Nein, in Flammen werd ich älter
Und in Flammen wieder jung.

Von dem ersten Blitze heuer,
Der aus dunkler Wolke sprang,
Bis zu neuem Himmelsfeuer
Rechn' ich meinen Jahresgang.

Wanderfüße

Ich bedacht' es oft in diesen Tagen,
Meinem flüchtgen Wandel zu entsagen;
Doch was fang ich an mit meinen Füßen,
Die begehren ihre Lust zu büßen?
Von den ruhelosen Jugendtrieben
Sind mir meine Füße noch geblieben,
Schreitend mit dem Lenz und seinen Flöten,
Schreitend durch die Sommerabendröten,
Rasch vorüber den gefüllten Kufen,
Gleitend auf des Winters weißen Stufen
Über die verschneite Jahreswende,
Rastlos schreitend ohne Ziel und Ende!
Längst beschrieb die Stirne sich mit Falten,
Doch die Füße wollen nicht veralten,
Ihren Stapfen tritt auf Waldeswegen
Meiner Jugend Wanderbild entgegen,
Durch das leichte Paar, das stets entflammte,
Bin ich der zum Reiseschritt Verdammte!
Finden möcht' ich ohne Sterbebette
Meinen Füßen eine Ruhestätte . . .

Die Veltlinertraube

Brütend liegt ein heißes Schweigen
Über Tal und Bergesjoch,
Evoe und Winzerreigen
Schlummern in der Traube noch.

Purpurne Veltlinertraube,
Kochend in der Sonne Schein,
Heute möcht' ich unterm Laube
Deine vollste Beere sein!

Mein unbändiges Geblüte,
Strotzend von der Scholle Kraft,
Trunken von des Himmels Güte,
Sprengte schier der Hülse Haft!

Aus der Laube niederhangend,
Glutdurchwogt und üppig rund,
Schwebt' ich dunkelpurpurprangend
Über einem roten Mund!

Weinsegen

Heut atm' ich mit den Sommerlüften
Die allerfeinsten Würzen ein,
Ich kenne dieses seltne Düften:
Heut blüht der echte Klosterwein.
Hier zog im Land die ersten Trauben
Zum ersten Liebesmahl der Abt,
Der mit dem teuern Christenglauben
Uns öde Heiden einst begabt.

Das Kloster, längst ist's schon verschwunden,
Zerstäubt mit Altar, Gruft und Chor,
Doch steigt in diesen Mittagsstunden –
So heißt's – der erste Abt empor.
Nicht will er zu der Lese kommen,
Wo wild die Kelter überschäumt,
Nein, wie sich ziemt für einen Frommen,
Wann mystisch süß die Blüte träumt.

Was dort? Wer öffnet still das Gatter?
Berauscht die starke Würze mich?
Ein wallend blankes Rockgeflatter
Bewegt sich sacht und feierlich!
Es ist der Abt. Ich sehe bücken

Das edelgreise Haupt ihn dort,
Die frechen Nachbarskinder drücken
Sich schleunig durch die Hecke fort.

Er prüft genau die zarte Blüte,
Die jungen Schosse licht und grün,
Sein Angesicht ist voller Güte
Und voll von herzlichem Bemühn.
Hochwürden blickt so hell und heiter,
Dies Jahr gerät der Wein wie nie!
Er wandelt zu den Stufen weiter
Und geisterleicht ersteigt er sie.

Schon auf des Weinbergs Höhe schreitet
Er bei dem kleinen Winzerhaus.
Er setzt sich auf die Bank. Er breitet
Die Geisterhände mächtig aus.
Er segnet seine Klosterreben,
Sein eigen, vielgeliebtes Kind,
Uns Ketzer segnet er daneben,
Die seines Weinbergs Erben sind.

Säerspruch

Bemeßt den Schritt! Bemeßt den Schwung!
Die Erde bleibt noch lange jung!
Dort fällt ein Korn, das stirbt und ruht.
Die Ruh ist süß. Es hat es gut.
Hier eins, das durch die Scholle bricht.
Es hat es gut. Süß ist das Licht.
Und keines fällt aus dieser Welt
Und jedes fällt, wie's Gott gefällt.

Einem Tagelöhner

Lange Jahre sah ich dich
Führen deinen Spaten,
Und ein jeder Schaufelstich
Ist dir wohlgeraten.

Nie hat dir des Lebens Flucht
Bang gemacht, ich glaube –
Sorgtest für die fremde Frucht,
Für die fremde Traube.

Nie gelodert hat die Glut
Dir in eignem Herde,
Doch du fußtest fest und gut
Auf der Mutter Erde.

Nun hast du das Land erreicht,
Das du fleißig grubest,
Laste dir die Scholle leicht,
Die du täglich hubest!

Ewig jung ist nur die Sonne

Heute fanden meine Schritte mein vergeßnes Jugendtal,
Seine Sohle lag verödet, seine Berge standen kahl.
Meine Bäume, meine Träume, meine buchendunkeln Höhn –
Ewig jung ist nur die Sonne, sie allein ist ewig schön.

Drüben dort in schilfgem Grunde, wo die müde Lache liegt,
Hat zu meiner Jugendstunde sich lebendge Flut gewiegt,
Durch die Heiden, durch die Weiden ging ein wandernd Herdgetön –
Ewig jung ist nur die Sonne, sie allein ist ewig schön.

Novembersonne

In den ächzenden Gewinden
Hat die Kelter sich gedreht,
Unter meinen alten Linden
Liegt das Laub hoch aufgeweht.

Dieser Erde Werke rasten,
Schon beginnt die Winterruh –
Sonne, noch mit unverblaßten
Goldnen Strahlen wanderst du!

Ehe sich das Jahr entlaubte,
Gingen, traun, sie müßig nie,
Nun an deinem lichten Haupte
Flammen unbeschäftigt sie.

Erst ein Ackerknecht, ein Schnitter,
Und ein Traubenkoch zuletzt,
Bist du nun der freie Ritter,
Der sich auf der Fahrt ergetzt.

Und die Schüler, zu den Bänken
Kehrend, grüßen jubelvoll,
Hingelagert vor den Schenken,
Dich als Musengott Apoll.

Aus der Höhe

Schreitend meinen Höhenpfad,
Seh' ich statt lebendger Flut
Unter mir des Eises Flur,
Drauf der Wettlauf Tausender
Unermüdlich sich ergötzt.
Horch! Ein dunkel Geisterlied,

Wie des Bienenkorbs Gesumms:
Dröhnend sonder Unterbruch
Durch die reine Winterluft
Des gestählten Schuhes Ton –
Meiner Jugend einzge Lust
Läutet dumpf zu mir empor.

Die Schlittschuhe

»Hör, Ohm! In deiner Trödelkammer hangt
Ein Schlittschuhpaar, danach mein Herz verlangt!
Von London hast du einst es heimgebracht,
Zwar ist es nicht nach neuster Art gemacht,
Doch damasziert, verteufelt elegant!
Dir rostet ungebraucht es an der Wand,
Du gibst es mir!« Hier, Junge, hast du Geld,
Kauf dir ein schmuckes Paar, wie dir's gefällt!
»Ach was! Die damaszierten will ich, deine:
Du läufst ja nimmer auf dem Eis, ich meine?«
Der liebe Quälgeist läßt mir keine Ruh,
Er zieht mich der verschollnen Stube zu;
Da lehnen Masken, Klingen kreuz und quer
An Bayles staubbedecktem Diktionär,
Und seine Beute schon erblickt der Knabe
In dunkelm Winkel hinter einer Truhe:
»Da sind sie!« Ich betrachte meine Habe,
Die Jugendschwingen, die gestählten Schuhe!
Mir um die Schläfen zieht ein leiser Traum ...
»Du gibst sie mir!« ... In ihrem blonden Haar,
Dem aufgewehten, wie sie lieblich war,
Der Wangen edel Blaß gerötet kaum! ...
In Nebel eingeschleiert lag die Stadt,
Der See, ein Boden spiegelhell und glatt,
Drauf in die Wette flogen, Gleis an Gleis,
Die Läufer; Wimpel flaggten auf dem Eis ...

Sie schwebte still, zuerst umkreist von vielen
Geflügelten wettlaufenden Gespielen –
Dort stürmte wild die purpurne Bacchantin,
Hier maß den Lauf die peinliche Pedantin –
Sie aber wiegte sich mit schlanker Kraft,
Und leichten Fußes, luftig, elfenhaft
Glitt sie dahin, das Eis berührend kaum,
Bis sich die Bahn in einem weiten Raum
Verlor und dann in schmalre Bahnen teilte.
Da lockt' es ihren Fuß in Einsamkeiten,
In blaue Dämmerung hinauszugleiten,
Ins Märchenreich; sie zagte nicht und eilte
Und sah, daß ich an ihrer Seite fuhr,
Nahm meine Hand und eilte rascher nur.
Bald hinter uns verscholl der Menge Schall,
Die Wintersonne sank, ein Feuerball,
Doch nicht zu hemmen war das leichte Schweben,
Der sel'ge Reigen, die beschwingte Flucht,
Und warme Kreise zog das rasche Leben
Auf harterstarrter, geisterhafter Bucht.
An uns vorüber schoß ein Fackellauf,
Ein glüh Phantom, den grauen See hinauf ...
In stiller Luft ein ungewisses Klingen,
Wie Glockenlaut, des Eises surrend Singen ...
Ein dumpf Getos, das aus der Tiefe droht –
Sie lauscht, erschrickt, ihr graut, das ist der Tod!
Jäh wendet sie den Lauf, sie strebt zurück,
Ein scheuer Vogel, durch das Abenddunkel,
Dem Lärm entgegen und dem Lichtgefunkel,
Sie löst gemach die Hand ... o Märchenglück! ...
Sie wendet sich von mir und sucht die Stadt,
Dem Kinde gleich, das sich verlaufen hat –
»Ei, Ohm, du träumst? Nicht wahr, du gibst sie mir,
Bevor das Eis geschmolzen?« ... Junge, hier.

Begegnung

Mich führte durch den Tannenwald
Ein stiller Pfad, ein tief verschneiter,
Da, ohne daß ein Huf gehallt,
Erblickt' ich plötzlich einen Reiter.

Nicht zugewandt, nicht abgewandt,
Kam er, den Mantel umgeschlagen,
Mir deuchte, daß ich ihn gekannt
In alten, längst verschollnen Tagen.

Der jungen Augen wilde Kraft,
Des Mundes Trotz und herbes Schweigen,
Ein Zug von Traum und Leidenschaft
Berührte mich so tief und eigen.

Sein Rößlein zog auf weißer Bahn
Vorbei mit ungehörten Hufen.
Mich faßt's mit Lust und Grauen an,
Ihm Gruß und Namen nachzurufen.

Doch keinen Namen hab ich dann
Als meinen eigenen gefunden,
Da Roß und Reiter schon im Tann
Und hinterm Schneegeflock verschwunden.

Neujahrsglocken

In den Lüften schwellendes Gedröhne,
Leicht wie Halme beugt der Wind die Töne:

Leis verhallen, die zum ersten riefen,
Neu Geläute hebt sich aus den Tiefen.

Große Heere, nicht ein einzler Rufer!
Wohllaut flutet ohne Strand und Ufer.

Das Heute

Das Heut ist einem jungen Weibe gleich.
Schlag Mitternacht wird ihm die Wange bleich.
Es schaudert. Einen vollen Becher faßt
Es gierig noch und schlürft in toller Hast.
Der üppge Mund, indem er lechzt und trinkt,
Entfärbt sich und verwelkt. Der Becher sinkt.
Langsam zieht es den Kranz sich aus dem Haar.
Das Haar ergraut, das eben braun noch war.
Tief runzelt sich das schöne schuldge Haupt.
Zusammenbricht das Knie, der Kraft beraubt.
Die Horen kleiden dicht in Schleier ein
Und führen weg ein greises Mütterlein.

Unter den Sternen

Wer in der Sonne kämpft, ein Sohn der Erde,
Und feurig geißelt das Gespann der Pferde,
Wer brünstig ringt nach eines Zieles Ferne,
Von Staub umwölkt – wie glaubte der die Sterne?

Doch das Gespann erlahmt, die Pfade dunkeln,
Die ewgen Lichter fangen an zu funkeln,
Die heiligen Gesetze werden sichtbar.
Das Kampfgeschrei verstummt. Der Tag ist richtbar.

III

In den Bergen

*Schutzgeister**

Nahe wieder sah ich glänzen
Meiner Firne scharfe Grenzen,
Meiner Alpen weiße Bünde,
Wurzelnd tief im Kern der Schweiz;
Wieder bin ich dort gegangen,
Wo die graden Wände hangen
In des Sees geheime Gründe
Mit dem dunkelgrünen Reiz.

Nimmer war ein Tag so helle,
Niemals reiner meine Augen,
Erd und Himmel einzusaugen,
Meine Schritte gingen sacht;
Schauend pilgert' ich und lauschte,
Weil ein guter Weggeselle
Heimlich Worte mit mir tauschte
Von der Berge Herzensmacht.

Traulich fühlt' ich seine Nähe
Und mir ward, ob ich ihn sehe,
Und er sprach: »Vor manchen Jahren
Bin ich rüstig hier gereist,
Hier geschritten, dort gefahren!«
Und er lobte Land und Leute,
Daß sich meine Seele freute
An dem liebevollen Geist.

Und er wies auf ein Gelände:
»Hier an einem lichten Tage

* Goethe-Jahrbuch 1887.

Fand ich eure schönste Sage
Und ich nahm sie mit mir fort.
Wandernd hab ich dran gesonnen;
Was zu bilden ich begonnen,
Legt' in Schillers edle Hände
Nieder ich als reichen Hort.«

Da er seinen Bruder nannte
Und mir drob das Herz entbrannte,
War's als schlügen weite Flügel
Sausend über mir die Luft,
Schwingen, die den Raum besiegen,
Wie sie nicht um niedre Hügel
Flattern, Schwingen die sich wiegen,
Herrschend über Berg und Kluft.

Selig war ich mit den beiden,
Dämmerung verwob die Weiden
Und ich sah zwei treue Sterne
Über meiner Heimat gehn.
Leben wird mein Volk und dauern
Zwischen seinen Felsenmauern,
Wenn die Dioskuren gerne
Segnend ihm zu Haupte stehn.

Der Reisebecher

Gestern fand ich, räumend eines langvergeßnen Schrankes Fächer,
Den vom Vater mir vererbten, meinen ersten Reisebecher.
Währenddes ich leise singend reinigt' ihn vom Staub der Jahre,
War's als höbe mir ein Bergwind aus der Stirn die grauen Haare,

War's als dufteten die Matten, drein ich schlummernd lag
versunken,
War's als rauschten alle Quelle, draus ich wandernd einst
getrunken.

Nach der ersten Bergfahrt

(Einem jungen Mädchen)

Liebes Kind, du bist gemagert, bist verbrannt von
Mittagssonnen,
Deine Wangen blühen frischer, wuschest dich an kühlen
Bronnen,
Wie du schreitest, schlank und kräftig, über deines
Gärtchens Stufen!
Deine Stimme wurde voller, die das Echo wachgerufen,
In dem klaren Herdgeläute wurde deine Stimme heller,
Deine wegeskundgen Blicke kreisen rascher, streifen
schneller,
Deine Lippen wurden stiller, edler wurde deine Stirne,
Und dein Auge, großgeöffnet, es betrachtet noch die Firne.

Das weiße Spitzchen

Ein blendendes Spitzchen blickt über den Wald,
Das ruft mich, das zieht mich, das tut mir Gewalt:

»Was schaffst du noch unten im Menschengewühl?
Hier oben ist's einsam! Hier oben ist's kühl!

Der See mir zu Füßen hat heut sich enteist,
Er kräuselt sich, flutet, er wandert, er reist,

Die Moosbank des Felsens ist dir schon bereit,
Von ihr ist's zum ewigen Schnee nicht mehr weit!«

Das Spitzchen, es ruft mich, sobald ich erwacht,
Am Mittag, am Abend, im Traum noch der Nacht.

So komm ich denn morgen! Nun laß mich in Ruh!
Erst schließ ich die Bücher, die Schreine noch zu.

Leis wandelt in Lüften ein Herdegeläut:
»Laß offen die Truhen! Komm lieber noch heut!«

Firnelicht

Wie pocht' das Herz mir in der Brust
Trotz meiner jungen Wanderlust,
Wann, heimgewendet, ich erschaut'
Die Schneegebirge, süß umblaut,
  Das große stille Leuchten!

Ich atmet' eilig, wie auf Raub,
Der Märkte Dunst, der Städte Staub.
Ich sah den Kampf. Was sagest du,
Mein reines Firnelicht, dazu,
  Du großes stilles Leuchten?

Nie prahlt' ich mit der Heimat noch
Und liebe sie von Herzen doch,
In meinem Wesen und Gedicht
Allüberall ist Firnelicht,
  Das große stille Leuchten.

Was kann ich für die Heimat tun,
Bevor ich geh im Grabe ruhn?

Was geb ich, das dem Tod entflieht?
Vielleicht ein Wort, vielleicht ein Lied,
Ein kleines stilles Leuchten!

Himmelsnähe

In meiner Firne feierlichem Kreis
Lagr' ich an schmalem Felsengrate hier,
Aus einem grünerstarrten Meer von Eis
Erhebt die Silberzacke sich vor mir.

Der Schnee, der am Geklüfte hing zerstreut,
In hundert Rinnen rieselt er davon
Und aus der schwarzen Feuchte schimmert heut
Der Soldanelle zarte Glocke schon.

Bald nahe tost, bald fern der Wasserfall,
Er stäubt und stürzt, nun rechts, nun links verweht,
Ein tiefes Schweigen und ein steter Schall,
Ein Wind, ein Strom, ein Atem, ein Gebet!

Nur neben mir des Murmeltieres Pfiff,
Nur über mir des Geiers heisrer Schrei,
Ich bin allein auf meinem Felsenriff
Und ich empfinde, daß Gott bei mir sei.

Allerbarmen

An dem Bauerhaus vorüber
Schritt ich eilig, weil mir grauste,
Weil im dumpfen Hof ein trüber,
Brütender Kretine hauste.

Schaudernd warf ich einen halben
Blick in seinen feuchten Kerker –
Eben war die Zeit der Schwalben,
Wo sie baun an Dach und Erker.

Den Enterbten sah ich kauern,
Über seiner Lagerstätte
Blitzten Schwalben um die Mauern,
Nester bauend in die Wette.

Der erloschne Blick erfreute
Sich, in einem kleinen blauen
Raum das Werk der Schwalben heute,
Dieses kluge Werk zu schauen.

Blitzend kreiste das Geschwirre
An dem engen Horizonte,
Und das Lachen klang, das irre,
Drin sich doch der Himmel sonnte.

Göttermahl

Wo die Tannen finstre Schatten werfen
Über Hänge goldbesonnt,
Unverwundet von der Firne Schärfen
Bläut der reine Horizont,

Wo das Spiel den rastlos wehnden Winden
Kein Gebälk und keine Mauer wehrt,
Wo wie einer dunkeln Sorge Schwinden
Jede Wolke sich verzehrt,

Wo das braune Rind, wie Juno schauend,
Weidet und mit heller Glocke tönt,

Wo das Zicklein, lüstern wiederkauend,
Den bemoosten Felsen krönt,

Schlürf ich kühle Luft und wilde Würzen,
Mit den sel'gen Göttern kost ich da –
Die mich nicht aus ihrem Himmel stürzen –
Nektar und Ambrosia!

Das Seelchen

Ich lag im Gras auf einer Alp,
In sel'ge Bläuen starrt' ich auf –
Mir war, als ob auf meiner Brust
Mich etwas sacht betastete.
Ich blickte schräg. Ein Falter saß
Auf meinem grauen Wanderrock.
Mein Seelchen war's, das flugbereit
Die Schwingen öffnend zitterte.
Wie sind die Schwingen ihm gefärbt?
Sie leuchten blank, betupft mit Blut.

Das Glöcklein

Er steht an ihrem Pfühl in herber Qual,
Den jungen Busen muß er keuchen sehn –
Er ist ein Arzt. Er weiß, sein traut Gemahl
Erblaßt, sobald die Morgenschauer wehn.

Sie hat geschlummert. »Lieber, du bei mir?
Mir träumte, daß ich auf der Alpe war,
Wie schön mir träumte, das erzähl ich dir –
Du schickst mich wieder hin das nächste Jahr!

Dort vor dem Dorf – du weißt den moosgen Stein –
Saß ich, umhallt von lauter Herdgetön,
An mir vorüber zogen mit Schalmein
Die Herden nieder von den Sommerhöhn.

Die Herden kehren alle heut nach Haus –
Das ist die letzte wohl? Nein, eine noch!
Noch ein Geläut klingt an und eins klingt aus!
Das endet nicht! Da kam das letzte doch!

Mich überflutete das Abendrot,
Die Matten dunkelten so grün und rein,
Die Firne brannten aus und waren tot,
Darüber glomm ein leiser Sternenschein –

Da horch! ein Glöcklein läutet in der Schlucht,
Verirrt, verspätet, wandert's ohne Ruh,
Ein armes Glöcklein, das die Herde sucht –
Aufwacht' ich dann und bei mir warest du!

O, bring mich wieder auf die lieben Höhn –
Sie haben, sagst du, mich gesund gemacht ...
Dort war es schön! Dort war es wunderschön!
Das Glöcklein! Wieder! Hörst du's? Gute Nacht ...«

Spiel

Denkst, Freund, des wilden Knabenspiels du noch,
Das wir getrieben einst am Bergesjoch,
Wann unser freudger Wandertag verglomm
Und höher stets und immer höher klomm?
Wir sprangen jubelnd über Stock und Stein
Bergan und wieder in das Licht hinein,
  Und noch einmal und noch einmal,
Bis uns entschlüpft' der letzte Sonnenstrahl.

Das Spiel, das wir im Alpentale dort
Getrieben, Freund, wir spielen's heut noch fort.
Wann neben uns das süße Licht erbleicht,
Wir steigen, bis von neuem wir's erreicht.
Wir springen rüstig über Stock und Stein
Und mitten wieder in den Tag hinein,
Und noch einmal und noch einmal,
Bis uns entschlüpft der letzte Lebensstrahl.

Ich würd' es hören

Läg' dort ich unterm Firneschein
Auf hoher Alp begraben,
Ich schliefe mitten im Juchhein
Der wilden Hirtenknaben.

Wo sonst ich lag im süßen Tag,
Läg' ich in dunkeln Decken,
Der Laue Krach und dumpfer Schlag,
Er würde mich nicht wecken.

Und käme schwarzer Sturm gerauscht
Und schüttelte die Tannen,
Er führe, von mir unbelauscht,
Vorüber und von dannen.

Doch klänge sanfter Glockenchor,
Ich ließe wohl mich stören
Und lauscht' ein Weilchen gern empor,
Das Herdgeläut zu hören.

Die Bank des Alten

Ich bin einmal in einem Tal gegangen,
Das fern der Welt, dem Himmel nahe war,
Durch das Gelände seiner Wiesen klangen
Die Sensen rings der zweiten Mahd im Jahr.

Ich schritt durch eines Dörfchens stille Gassen.
Kein Laut. Vor einer Hütte saß allein
Ein alter Mann, von seiner Kraft verlassen,
Und schaute feiernd auf den Firneschein.

Zuweilen, in die Hand gelegt die Stirne,
Seh ich den Himmel jenes Tales blaun,
Den Müden seh ich wieder auf die Firne,
Die nahen, selig klaren Firne schaun.

's ist nur ein Traum. Wohl ist der Greis geschieden
Aus dieser Sonne Licht, von Jahren schwer;
Er schlummert wohl in seines Grabes Frieden
Und seine Bank steht vor der Hütte leer.

Noch pulst mein Leben feurig. Wie den andern
Kommt mir ein Tag, da mich die Kraft verrät;
Dann will ich langsam in die Berge wandern
Und suchen, wo die Bank des Alten steht.

Die alte Brücke

Dein Bogen, grauer Zeit entstammt,
Steht manch Jahrhundert außer Amt;
Ein neuer Bau ragt über dir:
Dort fahren sie! Du feierst hier.

Die Straße, die getragen du,
Deckt Wuchs und rote Blüte zu!

Ein Nebel netzt und tränkt dein Moos,
Er dampft aus dumpfem Reußgetos:

Mit einem luftgewobnen Kleid
Umschleiert dich Vergangenheit
Und statt des Lebens geht der Traum
Auf deines Pfades engem Raum.

Das Carmen, das der Schüler sang,
Träumt noch im Felsenwiederklang,
Gewieher und Drommetenhall
Träumt und verdröhnt im Wogenschwall.

Du warst nach Rom der arge Weg,
Der Kaiser ritt auf deinem Steg,
Und Parricida, frevelblaß,
Ward hier vom Staub der Welle naß!

Du brachtest nordwärts manchen Brief,
Drin römische Verleumdung schlief,
Auf dir mit Söldnern beuteschwer
Schlich Pest und schwarzer Tod daher!

Vorbei! Vorüber ohne Spur!
Du fielest heim an die Natur,
Die dich umwildert, dich umgrünt,
Vom Tritt des Menschen dich entsühnt!

Der Kaiser und das Fräulein

Hoch am Septimer, dem Kaiserpasse,
(Denn die Kaiser pflegten nach Italien
Über dieses Bergesjoch zu reiten)
Hielt ich unter steilen Sonnenstrahlen
Mittagsrast. Mir gegenüber wand sich

Um den Felsen noch ein Stück des alten
Saumwegs, schwebend über jähem Abgrund.
Mittag ist des Berges Geisterstunde.
In die Sonne blinzelt' ich. Ein Hornruf!
Banner flattern. Schwert und Bügel klirren.
Fraun und Ritter gleiten aus den Sätteln.
Sorglich leiten Säumer scheue Rosse.
Die gestrenge Kaisrin seh ich schreiten,
Ein versteinert Weib mit harten Zügen.
Hinter ihr die Fräulein. Einer Zarten
Schwindelt plötzlich. Ihre Kniee wanken.
Sich entfärbend lehnt sie an die Bergwand ...
Rasch ein Held – er trägt das Kaiserkrönlein
Um die Kappe – fängt in seinen mächtgen
Armen auf das wanke Kind und trägt es
An die Brust gedrückt. Das Mädchen schwebte
Sicher überm Abgrund und er raubt' ihr
Einen flüchtgen Kuß. Da schwand das Blendwerk.
Weiter pilgernd rätselt' ich ein Weilchen:
War es einer der Ottonen oder
War's ein Heinrich oder war's ein Friedrich,
Der die wehrlos Schwebende geküßt hat?

Reisephantasie

Mittagsruhe haltend auf den Matten
In der morschen Burg gezacktem Schatten,
Vor dem Türmchen eppichübersponnen,
Hab ich einen Sommerwunsch gesonnen,
Während ich ein Eidechsschwänzchen blitzen
Sah und husch verschwinden durch die Ritzen ...

Wenn es lauschte ... wenn es meiner harrte ...
Wenn – das Pförtchen in der Mauer knarrte ...
Dem Geräusche folgend einer Schleppe,

Fänd' ich eine schmale Wendeltreppe
Und, von leiser Hand emporgeleitet,
Droben einen Becher Wein bereitet ...
Dann im Erker säßen wir alleine,
Plauderten von nichts im Dämmerscheine,
Bis der Pendel stünde, der da tickte,
Und ein blondes Haupt entschlummernd nickte,
Unter seines Lides dünner Hülle
Regte sich des blauen Quelles Fülle ...
Und das unbekannte Antlitz trüge
Ähnlichkeiten und Geschwisterzüge
Alles Schönen, was mir je entgegen
Trat auf allen meinen Erdewegen ...
Was ich Tiefstes, Zartestes empfunden,
Wär' an dieses blonde Haupt gebunden
Und in eine Schlummernde vereinigt,
Was mich je beseligt und gepeinigt ...
Dringend hätt' es mich emporgerufen
Dieser Wendeltreppe Trümmerstufen,
Daß ich einem ganzen, vollen Glücke
Stillen Kuß auf stumme Lippen drücke ...
Einmal nur in einem Menschenleben –
Aber nimmer wird es sich begeben!

Der Rheinborn

Ich bin den Rhein hinauf gezogen
Durch manches schattge Felsentor,
Entlang die blauen, frischen Wogen
Zu seinem hohen Quell empor.

Ich glaubte, daß der Rhein entspringe,
So liedervoll, so weinumlaubt,
Aus eines Seees lichtem Ringe,
Doch fand ich nicht, was ich geglaubt.

Indem ich durch die Matten irrte
Nach solchen Bornes Freudeschein,
Wies schweigend der befragte Hirte
Empor mich zum Granitgestein.

Ich klomm und klomm auf schroffen Stiegen,
Verwognen Pfaden, öd und wild,
Und sah den Born im Dunkel liegen
Wie einen erzgegoßnen Schild.

Fernab von Herdgeläut und Matten
Lag er in eine Schlucht versenkt,
Bedeckt von schweren Riesenschatten,
Aus Eis und ewgem Schnee getränkt –

Ein Sturz! Ein Schlag! Und aus den Tiefen
Und aus den Wänden brach es los:
Heerwagen rollten! Stimmen riefen
Befehle durch ein Schlachtgetos!

Die Felswand

Feindselig, wildzerrissen steigt die Felswand.
Das Auge schrickt zurück. Dann irrt es unstet
Daran herum. Bang sucht es, wo es hafte.
Dort! über einem Abgrund schwebt ein Brücklein
Wie Spinnweb. Höher um die scharfe Kante
Sind Stapfen eingehaun, ein Wegesbruchstück!
Fast oben ragt ein Tor mit blauer Füllung:
Dort klimmt ein Wanderer zu Licht und Höhe!
Das Aug verbindet Stiege, Stapfen, Stufen.
Es sucht. Es hat den ganzen Pfad gefunden
Und gastlich, siehe, wird die steile Felswand.

Hohe Station

Hoch an der Windung des Passes bewohn ich ein niedriges Berghaus –
Heut ist vorüber die Post, heut bin ich oben allein.
Lehnend am Fenster belausch ich die Stille des dämmernden Abends,
Rings kein Laut! Nur der Specht hämmert im harzigen Tann.
Leicht aus dem Wald in den Wald hüpft über die Matte das Eichhorn,
Spielend auf offenem Plan; denn es ist Herr im Bezirk.
Jammer! Was hör ich? Ein schrilles Gesurre: »Gemordet ist Garfield!«
»Bismarck zürnt im Gezelt!« – »Väterlich segnet der Papst!«
Schwirrt in der Luft ein Gerücht? Was gewahr ich? Ein schwärzliches Glöcklein!
Unter dem Fenstergesims bebt der elektrische Draht,
Der, wie die Schläge des Pulses beseelend den Körper der Menschheit,
Durch das entlegenste Tal trägt die Gebärde der Zeit.

Vision

Als ich jüngst vom Pfad verirrt war,
Wo kein Jäger und kein Hirt war,
Führt' ein Licht aus dunkelm Tann
Mich an eines Hüttleins Schwelle,
Drin bei matter Ampelhelle
Eine greise Parze spann.

Draußen schlug der Wind die Schwingen,
Und die Bergesströme singen
Hört' ich ihren dunkeln Sang ...

Und ich sah den Faden schweben,
Und der Faden schien ein Leben –
Meines? dacht' ich zauberbang.

Wage, Mensch, die höchsten Flüge,
Deiner Parze starre Züge
Sehen längst das nahe Ziel!
Tummle dich, ein kühner Ringer:
Ihre hagern, harten Finger
Enden bald das edle Spiel ...

Eine Träne seh ich zittern,
Einen Kranz mit Silberflittern
Seh ich hangen an der Wand:
In der Alpenhütte Kammer
Spinnt an einem alten Jammer
Einer Greisin welke Hand.

Der Hengert

Vater Lucas sprach beim Frühstück:
»Heute, Herr, ist hier ein Hengert!«
Und ich fragte: »Was ist Hengert?«
Mich belehrte Vater Lucas:
»Hengert, Herr, bedeutet Reigen,
Ball und Sprung und Fußgezappel
In der Sprache der Grisonen
Und Ihr möchtet böse schlummern,
Sucht Ihr heut nicht stillre Ruhstatt!«

»Vater Lucas, keine Sorge!
Hab ich erst mich müd gewandert,
Schlief' ich auch in einem Meersturm!«

Freudig nahm ich meinen Bergstock,
Stieg hinan die saftgen Weiden,

Wo sich tummeln braune Fohlen,
Durch bewegliches Gerölle
Klomm ich auf zum sel'gen Gipfel,
Den mit leichtem Kuß berühren
Heimatlose Wanderwolken.

Müde kehrt' ich heim ins Berghaus
Um die Zeit der ersten Lichter.
Vor der Pforte stand ein Häuflein,
In der Mitte Musikanten,
Rechts die Bursche, links die Mädchen,
Doch kein Scherzwort flog herüber
Und hinüber flog kein Trutzwort.

Lässig mit gekreuzten Armen
Standen sie geschieden, feindlich
Sich mit dunkeln Blicken messend.

Und ich stieg in meine Kammer,
Legte mich getrost zur Ruhe.
Bald erklang Musik piano,
Allgemach begann der Hengert,
Sachte schritt er, schläfrig schleift' er,
Wie Geschlurfe von Pantoffeln.
Heimlich spottet' ich der trägen
Füße, der bequemen Herzen
Im Gebirge der Grisonen
Und versank in süßen Schlummer . . .

Horch! Ein Ton, ein feurig greller,
Schlägt empor wie eine Flamme!
Jach erhitzen sich die Bleche
Und die Geige streicht ein Dämon!
Mir zur Rechten, mir zur Linken,
Mir zu Häupten, mir zu Füßen,
Ungezügelt, ungebändigt,
Erderschütternd stampft der Reigen,
Immer lauter, wilder, toller

Tobt und rast und dröhnt und tritt er,
Daß erbeben alle Balken,
Tosend sausten durch die Lüfte
Berghaus, Hengert, Folterkammer,
Wie voreinst die hochgelobte
Casa santa durch die Lüfte
Fuhr von Istrien nach Loretto,
Doch von Engeln sie getragen,
Ich von höllischen Gewalten
An den Sabbat auf dem Blocksberg ...

Also ging es bis zum Morgen,
Da die heilge Frühe löschte
Stern an Stern am ewgen Leuchter
Über schwarzen Tannenbergen.
Lechzend öffnet' ich das Fenster,
Einzuschlürfen Morgenlüfte,
Abzukühlen die zertanzte
Fieberschwüle Stirn im Winde ...
Wagen rollten in die Ferne,
Trugen fort die letzten Gäste.
Unterm Vordach ein Geflüster –
Ein aus tiefster Brust geseufztes,
Ein aus tiefster Brust erwidert
Leidenschaftliches Addio ...

Die zwei Reigen

Ein Cherub schritt das Tal empor
Und schlug das Volk mit Schwert und Pest,
Hinsank der halbe Jugendflor –
Die Schwalbe kehrt und baut das Nest.

Brautführer will der Frühling sein,
Und wer das Lieb verloren hat,

Dem gibt mit einem blühnden Mai'n
Er eines an des toten statt.

Er führt auf schwellend grünen Plan
Den Rest der Jugend neu gepaart
Und hebt ein mächtig Fiedeln an
Von Liebesglück und Minnefahrt.

Die Paare fliegen rasch daher,
Ein Lenzgesind, gejagt vom Wind,
Dabei wird manches Herze schwer,
Das an die alte Liebe sinnt...

Doch Leben hat das Leben gern,
Und leicht gewöhnt sich Brust an Brust,
Die Toten liegen tief und fern
Und wissen nichts von unsrer Lust...

Die Sonne schwand. Hell scheint ins Land
Der Mond und streut den Silberglanz,
Der Reigen dreht sich Hand in Hand
Und Mund an Mund und Kranz an Kranz...

Da steigt es aus der Wiese leis
Und beut sich auch die Hände sacht:
Genüber schwebt ein stiller Kreis
Im blauen Duft der Lenzesnacht.

Es haucht ein sanfter Flötenlaut
Und toter Jüngling, tote Maid
Umschlingen sich im Reigen traut
Und ohne Neid und ohne Leid.

Bacchus in Bünden

Wo stürzend aus rätischen Klüften der Rhein
Um silberne Hüften sich gürtet den Wein,
Ziehn paukende Masken mit Zimbelgeläut:
»Du Traube von Trimmis, dich wimmeln wir heut!«

Sie treten den Reigen, sie stampfen den Chor,
Da dunkelt's und lodern die Fackeln empor:
Ein Kranz in den Lüften! Ein wirbelndes Paar!
Ein brennender Nacken! Ein purpurnes Haar!

Die Fackeln verlöschen. Es hebt sich der Glanz
Des schimmernden Monds und vergeistert den Tanz –
Ein adliger Jüngling von fremder Gestalt
Bemeistert den Reigen mit Herrschergewalt.

Er schwebt in der Mitte, bekränzt und allein,
Mit leuchtenden Füßen in himmlischem Schein,
Die Schulter umflattert getigertes Fell,
Er trägt einen Szepter, der kühne Gesell.

Er neigt ihn vor Irma, der träumenden Maid:
»In nachtdunkle Haare taugt blitzend Geschmeid!«
Er greift in den Himmel mit mächtiger Hand,
Er raubt aus den Sternen ein flimmerndes Band:

Schön Irma schwebt hin mit dem Krönlein von Licht,
Als fesselte fürder die Erde sie nicht,
Er schwingt ihr zu Häupten den Thyrsus, umrankt
Mit üppigem Laube, von Trauben umschwankt . . .

Zwölf Schläge verkünden die Mitte der Nacht.
Der Reigen ermüdet. Das Fest ist vollbracht!
»Herunter die Masken! So will es der Brauch!
Du Führer des Reigens, entlarve dich auch!

Wir sind unser zwanzig, und voll ist die Zahl!
Wer bist du, der frech in die Gilde sich stahl!
Ein Gaukler? Ein Zaubrer? Sprich, wie du dich nennst!
Sonst fürcht unsre Messer, bist du kein Gespenst!«

Ein Mönchlein, ein zechend entschlafnes, wird reg:
»Wer bist du? Der Satan? Dir weis ich den Weg!«
Er zeichnet ein Kreuz. »Nun entmumme dich nur!
Ich bin der gelehrte Pankrazi von Cur!«

Der Jüngling entlarvt ein von Eppich umlaubt,
Ein hohes, ein mildes, ein gnädiges Haupt:
»Zu Füßen dem Herrscher, vermessen Gesind!
Ich bin Dionysos, des Donnerers Kind!«

Er lächelt dem Mönch in das feiste Gesicht:
»Silenos, Silenos, verleugne mich nicht!
Mich hat seine Gnaden, der Bischof, gebannt
Und ist doch mein treuster Bekenner im Land.

Weinfröhliche Räter, etrurisch Geschlecht,
Ihr habt schon am Reno* gehörig gezecht,
Doch hüben am Rhein in germanischer Mark
Bezecht ihr euch doppelt und dreimal so stark!«

Fiebernacht

»Berggeist, ich höre deine Ströme rauschen –
Gib mir Gehör! Wir wollen Rede tauschen!
Du von der Firn und aus der Gletscher Kühle,
Ich aus der engen Krankenkammer Schwüle!
Du weißt es, Geist, ich liege hier gefangen
Und lasse den geknickten Flügel hangen,

* Ein italienischer Fluß.

Ich ächz und stöhne, den gelähmten, wunden,
Gebrochnen Arm dicht an den Leib gebunden.
Zwei kurzer Wandertage süßes Träumen –
Und dich verdroß ein Gast in deinen Räumen.
Von deinem Tische stießest du den Zecher,
Entrissest ihm den eisgewürzten Becher
Und rolltest ihn hohnlachend durch die Klüfte
Hinunter in des Fieberlagers Grüfte.
Verräter, schmählich hast du mich betrogen!
Hast du mich leise rufend nicht gezogen?
Warst du mir lange Jahre nicht gewogen?
Und wann in deinem Reich ich mich verirrte,
Schritt nicht, wie Zufall, mir voran ein Hirte
Und ließ mich – ungerufen, ungebeten –
Bergab in seine sichern Stapfen treten?
Du bist mir gram geworden? Laß dich fragen!
Muß ich der führerlosen Fahrt entsagen?
Des hohen Irreganges mich entwöhnen?«
Mir gab Bescheid der Geist mit tiefen Tönen
Im Flutensturz und in der Laue Dröhnen,
Es klang wie Drohn und wieder klang's wie Höhnen:
»Ein junger Wandrer kam zu mir gefahren
Mit hastgen Schritten und mit wehnden Haaren.
Ein bleiches Bild, so ist er ohne Bangen
Auf meinen schmalen Gräten umgegangen,
Und über Klüften, schwindelnd abgrundtiefen,
Aus welchen jubelnd ihn die Wogen riefen,
Ist er gewandelt auf gestürzten Föhren
Und schien in meine Wildnis zu gehören,
Ein dumpfer Ton in meinen dumpfen Chören –
Du warst's! und gingst an eines Abgrunds Saume,
Unkundig der Gefahr, in wachem Traume,
Doch mir gefiel der Kühne und der Blinde,
Und Sorge trug ich dir als einem Kinde –
Jetzt, lieber Herr, bist leidlich du vernünftig,
Hast Weib und Hof, bist in der Gilde zünftig,
Verlaß dich nicht auf meine Flügel künftig!«

Noch einmal

Noch einmal ein flüchtiger Wandergesell –
Wie jagen die schäumenden Bäche so hell,
Wie leuchtet der Schnee an den Wänden so grell!

Hier oben mischet der himmlische Schenk
Aus Norden und Süden der Lüfte Getränk,
Ich schlürf es und werde der Jugend gedenk.

O Atem der Berge, beglückender Hauch!
Ihr blutigen Rosen am hangenden Strauch,
Ihr Hütten mit bläulich gekräuseltem Rauch –

Den eben noch schleiernder Nebel verwebt,
Der Himmel, er öffnet sich innig und lebt,
Wie ruhig der Aar in dem strahlenden schwebt!

Und mein Herz, das er trägt in befiederter Brust,
Es wird sich der göttlichen Nähe bewußt,
Es freut sich des Himmels und zittert vor Lust –

Ich sehe dich, Jäger, ich seh dich genau,
Den Felsen umschleichest du grau auf dem Grau,
Jetzt richtest empor du das Rohr in das Blau –

Zu Tale zu steigen, das wäre mir Schmerz –
Entsende, du Schütze, entsende das Erz!
Jetzt bin ich ein Seliger! Triff mich ins Herz!

Burg »Fragmirnichtnach«

Wo weiß die Landquart durch die Tannen schäumt,
Irrt' unbekümmert ich um Weg und Zeit,
Da stand ein grauer Turm, wie hingeträumt

In ungebrochne Waldeseinsamkeit.
Ich sah mich um und frug: »Wie heißt das Schloß?«
Ein bucklig Mütterlein, das Kräuter brach;
Da murrte sie, die jedes Wort verdroß:
»Fragmirnichtnach.«

Ich schritt hinan; im Hof ein Brünnlein scholl,
Durch den verwachsnen Torweg drang ich ein,
Ein dünnes kühles Rieseln überquoll
Auf einer Gruft den schwarzbemoosten Stein.
Ich beugte mich nach des Verschollnen Spur,
Entziffernd, was des Steines Inschrift sprach,
Nicht Zahl, nicht Namen – ein Begehren nur:
Frag mir nicht nach!

Gespenster

Am Horizonte glomm des Abends Feuer;
Ich stieg, indes die Purpurglut verblich,
Zum Römerturm empor und lehnte mich
Randüber auf das dunkelnde Gemäuer –

Und sah, wie sich am Hange scheu und scheuer
Die Beerenleserin vorüberschlich.
Das arme Weibchen drückt' und duckte sich
Und schlug ein Kreuz: ihr war es nicht geheuer ...

Mich flog ein Lächeln an. Im Eppich neben
Der Brüstung flüstert's: »Freund, in deinem Leben
Ist auch ein Ort, wo die Gespenster schweben!

Führt dich Erinnrung dem zerstörten Ort
Vorbei, du huschest noch geschwinder fort
Als das von Graun gepackte Weibchen dort.«

Alte Schrift

Jüngst verlockt' es mich im Abendglimmen
Zum Lombardenturm emporzuklimmen,
Dem verschollnen Herrscher hier im Gaue,
Der die Ferne noch beherrscht, die blaue.

In den Mauern bin ich lang geblieben:
Alte Namen standen rings geschrieben
Hoch im Raume, wo die Luken schimmern,
Doch die Wendeltreppe lag in Trümmern.

Die den Blick ins Weite dort gerichtet,
Ihre Wanderstäbe sind vernichtet,
Ihre leichten Mäntel sind verstoben,
Ihre Sprüche blieben aufgehoben.

Einer dichtet anno fünfzehnhundert:
»Gott hab ich in der Natur bewundert!«
»Gaudeamus!« gräbt ein flotter Zecher
Um den keck entworfnen Riesenbecher.

Dort ein Herz von einem Pfeil durchschnitten:
»Hedewig« steht auf des Bolzes Mitten;
Dicht daneben schrieb ein Fahrtgenosse
Gut lateinisch eine derbe Posse –

Dann in des Kastelles tiefem Schatten
Warfen sich die Schüler auf die Matten,
Leerten einen Humpen und von dannen
Pilgerten sie singend durch die Tannen.

Das Gemälde

Trüb brennt der Schenke Kerzenlicht,
Der Wirtin junges Angesicht,
Ermüdet, schlummertrunken,
Nickt auf die Brust gesunken,
Denn schon ist Mitternacht vorbei.
Am Schiefertische spielen zwei,
Die weißen Würfel schallen,
Schlecht ist der Wurf gefallen –
Ein junges wildes Augenpaar
Droht aus verworrnem Lockenhaar:
»Das war mein letztes Silberstück!
Doch wenden muß sich jetzt das Glück!
Du, Alter, mußt mir borgen!
Wir spielen bis zum Morgen!«
Mit grünen Katzenaugen blitzt
Der andre, der im Dunkel sitzt:
»Laß dich zu Bette legen,
Die Mutter spricht den Segen!«
Des Jungen Faust zerdrückt das Glas
Mit einem Fluch – »Kind, weißt du was?
›Ein Schlößlein steht auf grünem Plan‹,
So fängt ein altes Märchen an.
Ich meine das im Walde,
Hier oben an der Halde.
Verschlossen sind die Fenster,
Drin hausen nur Gespenster
Für den, der an Gespenster glaubt –
Sobald das Jahr den Wald entlaubt,
Macht sich der Herr von hinnen
Von diesen luftgen Zinnen –
Schwelgt in der Stadt im Marmorsaal
Und spielt bei lustgem Kerzenstrahl.
Kling, kling! Ich hör es klingen,
Wie goldne Füchse springen ...
Dein Vater – ward mir recht gesagt? –

War Pächter und ist ausgejagt ...
Da weißt du droben ein und aus,
Du kennst den Hund, du kennst das Haus –
Ich borgte mir mein Spielgeld frisch
Von dieses reichen Mannes Tisch!
Nimm was da liegt, nimm was da steht:
Ein Prunkgeschirr, ein Goldgerät,
Mir darfst du's gleich verhandeln,
Ich kann's in Münze wandeln.
Von selber öffnet sich der Schrein,
Du müßtest nicht ein Schlosser sein ...«
Der Bursche lauscht mit dumpfem Hirn
Dem höllischen Gemunkel,
Ein Schatten steht auf seiner Stirn,
Ein Schatten tief und dunkel:
Und wieder leis und lüstern
Beginnt das grimme Flüstern:
»Kurt, sieh den Lauf der Welt dir an!
Was wohl gelingt, ist wohl getan!
Betrachte dir die Taten
Der großen Diplomaten,
Die klugen Herrn verstehn den Pfiff,
Ein leiser Schritt, ein sichrer Griff!
Dann spielt man hübsch Verstecken
Und läßt sich nicht entdecken –
Du blickst so wild, als wollt'st du mich
Erstechen, Kurt, besinne dich!
Wo suchst du deine Schlüssel, Kurt?
Du trägst den ganzen Bund am Gurt!« ...
Er stürzt hinaus, empört, betört,
Die Wirtin, die ihn schreiten hört,
Lallt halb im Traum, sie weiß nicht wie:
»Wie geht's der Mutter? Grüße sie!«
Er taumelt in die Nacht hinaus,
Um seine Stirn fliegt ein Gebraus
Betrunkener Gedanken
Und seine Schritte wanken.

Er stürmt empor die Strecke
Zum Schloß auf Schneees Decke,
Das Gitter übersteigt er leis
Und knisternd bricht das Tannenreis,
Er schleicht und nach der Leiter langt
Er, die am Dach der Scheune hangt,
Er steht am Herrenhause schon,
Er klettert über den Balkon,
Sein Herz, er hört es pochen
Und hat die Tür erbrochen.
Rasch ist ein Wachslicht angebrannt,
Laut kracht es in der Täfelwand,
Ihm steigt das Haar, hin starrt er wild
Und sieht ein farbenlieblich Bild,
Von lichtem Reif umgeben,
Sich aus dem Düster heben:
Den Schlummer eines Knaben sieht
Er, neben dem die Mutter kniet,
Die blauen Augen strahlen licht
Von einer guten Zuversicht,
Nicht kann den Blick er wenden
Von diesen flehnden Händen ...
Da muß mit Tränenbächen
Die harte Rinde brechen –
Dumpf klirrend fällt der Schlüsselbund.
Die Mutter dankt mit frohem Mund.
Er flüchtet über den Balkon,
Die Leiter trägt er schnell davon,
Als wandelt' er auf Gluten –
Und wendet sich zum Guten.

Die Rehe

Fern von dem fürstlichen keuschen Gemahl
Jubelt ein blühender Jüngling im Saal:

»Hebet die Becher und ruft, daß es schallt:
Freiheit, sie lebe! Die Freiheit im Wald!«
All die Genossen der weidlichen Lust
Bringen das Hoch aus erglühender Brust:
»Lebe die Jugend und Bacchus' Gewalt!
Freiheit, sie lebe! Die Freiheit im Wald!«

Schmetternde Hörner! Dann flüstern sie sacht,
Scherzen und locken die Elfen der Nacht
Aus ihren Waldesverstecken hervor –
Ängstliche Schläge bestürmen das Tor.
»Setz dich ans Feuer, du herziges Kind!«
Lärmt im erleuchteten Hof das Gesind.
»Fürstlich bewirten mit Kuchen dich wir!
Drinnen was suchst du? Bescheide dich hier!«

Rasch in den Saal, in den fürstlichen, tritt
Eine Gescheuchte mit hastigem Schritt,
Über den Busen, vom Laufe bewegt,
Kreuzweis die flehenden Arme gelegt –
Blätter am Röcklein, herbströtlich und falb!
Krausdunkle Haare, noch flattern sie halb,
Süßbraune Augen und schmerzlich dabei,
Blutende Füße – nicht die einer Fei!

»Sage, wer bist du, krauslockiges Haupt,
Schimmernd von purpurnen Blättern umlaubt?«
»Rehe, die Rehe, so heiß ich im Land
Von meinem braunen Gelock und Gewand« –
»Mein ist die Rehe! Des Herrn ist die Jagd!«
Jubelt der Jüngling, es sträubt sich die Magd ...
»Halali!« hetzt es und tobt es und hallt.
Ringend entwindet sie sich der Gewalt.

Lodernde Augen, wie Blitze der Nacht –
Doch sie besinnt sich. Dann redet sie sacht:
»Rehe, die Rehe, so heiß ich im Land,

Wilpert der Schütz ist der Vater genannt –
Auf eine Jagd, die dem Herrn nur gebührt,
Hat ihn ein äzendes Rudel verführt.
Siehe, da kniet er, da zielt er und knallt –
Heut hat der Vater gefrevelt im Wald!
Doch deine Förster ergriffen ihn, weh,
Ihn und das sündlich erbeutete Reh.
Ich, von der Angst und dem Jammer gejagt,
Lief in den Wald, eine hilflose Magd.
Da schier das Herz mir im Busen zersprang,
Sah ich die Kerzen und hörte den Klang –
Glaubte die gütige Herzogin hier,
Und nun erzittr' ich und steh ich vor dir.
Gib mir den Vater und gib mir ihn bald,
Daß ich getröstet verlasse den Wald.
Gnade!«

Der Herzog gesteht sich verwirrt,
Daß man sich leichtlich im Walde verirrt,
Und er bekennt, vom Gewissen gerührt,
Daß eine Rehe vom Wege verführt.
Murmelnd verlangt er ein Blatt, einen Stift,
Schreibt eine Zeile mit schwankender Schrift:
»Wilpert dem Schützen gewähr ich Pardon!«
Und sie bedankt sich und fort ist sie schon.
Er tritt ans Fenster und öffnet es sacht:
Leuchtende Sterne der ruhigen Nacht!
Dort eine flüchtige dunkle Gestalt,
Und eine Rehe verschwindet im Wald.

Die Zwingburg

Gebrochen ist der alte Twing,
Ringsum ergrünt sein Mauerring,
Der Eppich schwankt im Fenster,

Versunken in der Erde Schoß
Tief unter das besonnte Moos
Sind Ritter und Gespenster.

Wo durch das tiefgewölbte Tor
Die zornge Fehde schritt hervor
Und ließ die Hörner schmettern,
Da hat sich, duftig eingeengt,
Ein Zicklein ans Gesträuch gehängt
Und nascht von jungen Blättern.

Wo wildverträumt Frau Minne stund,
Zerrann auf blauem Himmelsgrund
Der kecke Bau des Erkers;
Wo im Verließ der Haß gegrollt,
Ist in das weiche Gras gerollt
Ein Quaderstein des Kerkers.

Und wo den Teich vom Hügelhang
Herab die trotzge Feste zwang
Ein finster Bild zu spiegeln,
Da rudert, von der Flut benetzt,
Der Burg zerstörtes Wappen jetzt:
Ein Schwan mit Silberflügeln.

IV

Reise

»Tag, schein herein und, Leben, flieh hinaus!«

Tag, schein herein! Die Kammer steht dir offen!
Holdsel'ger Lenzesmorgen, schein herein!
Schon glitzert, von der Sonne Strahl getroffen,
Das Tintenfaß, der eichne Bücherschrein.
Vogt Winter muß dem Lenze Rechnung geben,
Dem schönen Erben, über Hof und Haus –
Auch mir zu gut geschrieben ist ein Leben –
Tag, schein herein und, Leben, flieh hinaus!

Ich war von einem schweren Bann gebunden.
Ich lebte nicht. Ich lag im Traum erstarrt.
Von vielen tausend unverbrauchten Stunden
Schwillt ungestüm mir nun die Gegenwart.
Aus dunkelm Grunde grüne Saat zu wecken
Bedarf es Sonnenstrahles nur und Taus,
Ich fühle, wie sich tausend Keime strecken.
Tag, schein herein und, Leben, flieh hinaus!

Ein Segel zieht auf wunderkühlen Pfaden,
In Flutendunkel spiegelt sich der Tag.
Was hat die Barke dort für mich geladen?
Vielleicht ist's etwas, das mich freuen mag!
Entgegen ihr! Was wird die Barke bringen
Durch blauer Wellen freudiges Gebraus?
Entgegen ihr! Mit weitgestreckten Schwingen!
Tag, schein herein und, Leben, flieh hinaus!

*La Röse**

Als der Bernina Felsentor
Durchdonnerte der Wagen
Und wir im Süden sahn empor
Die Muschelberge ragen,
Blies schmetternd auf dem Rößlein vorn
Der in der Lederhose –
»Wen grüßest du mit deinem Horn?«
»Die Rose, Herr, die Rose!«

Mit flachem Dach ein Säulenhaus,
Das erste welsche Bildnis,
Schaut Röse weinumwunden aus
Erstarrter Felsenwildnis –
Es ist, als ob das Wasser da
In weichern Lauten tose,
Hinunter nach Italia
Blickt der Balkon der Rose.

Nun, Herz, beginnt die Wonnezeit
Auf Wegen und auf Stegen,
Mir strömt ein Hauch von Üppigkeit
Und ewgem Lenz entgegen –
Es suchen sich um meine Stirn
Zwei Falter mit Gekose –
Den Wein bringt eine junge Dirn
Mit einer jungen Rose.

Noch einmal darf in südlich Land
Ich Nordgeborner wallen,
Vertauschen meine Felsenwand
Mit weißen Marmorhallen.
Gegrüßt, Italia, Licht und Lust!
Ich preise meine Lose!
Du bist an unsrer Erde Brust
Die Rose, ja die Rose!

* Erste Station auf der Südseite des Berninapasses.

Die Schlacht der Bäume

Hier am Sarazenenturme,
Der die Straße hielt geschlossen,
Ist in manchem wilden Sturme
Deutsch und welsches Blut geflossen.

Nun sich in des Tales Räumen
Länger nicht die Völker morden,
Ringen noch mit ihren Bäumen
Hier der Süden und der Norden.

Arvbaum ist der deutschen Bande
Bannerherr, der düsterkühne,
Üppig Volk der Sonnenlande,
Rebe führt's, die sonniggrüne.

Ohne Schild- und Schwertgeklirre,
Ohne der Drommete Schmettern
Kämpfen in der Felsenirre
Hier die Nadeln mit den Blättern.

Der Triumphbogen

Ein leuchtend blauer Tag. Ein wogend Ährenfeld,
Daraus ein wetterschwarzer Mauerbogen steigt.
In seinem kurzen Schatten schläft das Schnittervolk.
Allein emporgerichtet sitzt die schönste Maid,
Des Landes Kind, doch welchen Lands? Italiens!
Ein strenggeschnittnes, musenhaftes Angesicht,
Am halbzerstörten Sims des Bogens hangt der Blick,
Als müht' er zu enträtseln dort die Inschrift sich.
(Wenn nicht des Auges Dunkel von dem Liebsten träumt.)
Sie hebt die erste sich, erweckt die Schnitterschar,
Ergreift die blanke Sichel, die im Schatten lag,

Und schreitet herrlich durch die Wogen goldnen Korns,
Umblaut vom Himmel, als ein göttliches Gebild.
's ist Klio, die das Altertum enträtselnde,
Vergilbten Pergaments und der Archive müd,
Gelockt vom Rauschen einer überreifen Saat,
Wird sie zur starken Schnitterin. Die Sichel klingt.

Venedigs erster Tag

Eine glückgefüllte Gondel gleitet auf dem Canal grande,
An Giorgione lehnt die Blonde mit dem roten Samtgewande.
»Giorgio, deiner Laute Saiten hör ich leise, leise klingen –«
»Julia Vendramin, Erlauchte, was befiehlst du mir zu singen?«

»Nichts von schönen Augen, Giorgio! Solches Thema sollst du lassen!
Singe, wie dem Meer entstiegen diese wunderbaren Gassen!
Feßle kränzend keine Locken, die sich ringeln los und ledig!
Giorgio, singe mir von meinem unvergleichlichen Venedig!«

»Meine süße Muse will es! Es geschieht!« Er präludierte.
»Weiland, eh des heilgen Markus Flagge dieses Meer regierte,
Drüben dort, wo duftverschleiert Istriens schöne Berge blauen,
Sank vor ungezählten Jahren eine Dämmrung voller Grauen.

Durch das Dunkel huschen Larven, angstgeschreckte Hunde winseln,
Schreie gellen, Stimmen warnen: ›Löst die Böte! Nach den Inseln!‹
In den Lüften haucht ein Odem, wie es in den Gräbern modert –

Schaurig tagen Meer und Himmel! Aquileja brennt und
lodert!

Von der Stätte, wo die stillen, ungezähmten Flammen
wogen,
Kommt ein dumpfes Menschenbrausen nach dem freien
Strand gezogen:
Attila, die Gottesgeißel, jagt auf blutbesprengten Pfaden
Krieger mit zerbrochnen Schwertern, Fraun mit Schätzen
schwer beladen.

Wie zum Hades Schatten wandern, ziehn zum Meere die
Gescheuchten,
Das die purpurrot gefärbten Wolken weit hinaus beleuchten,
Witwen, Waisen schreiten jammernd, schweigend stürzen
wunde Männer,
Mitten im Gewühle bäumen Wagen sich und scheue Renner.

Kniee wanken, Füße gleiten, Kästchen brechen, draus die
hellen
Goldnen Reife rollend springen und die weißen Perlen
quellen.
Nackte Küstenkinder starren gierig auf das rings zerstreute
Gold, und doch betastet's keines – Etzels ist die ganze Beute!

Schiffer rüsten dunkle Nachen, drüber Wogen schäumend
schlagen,
Durch die weiße Brandung werden bleiche Fraun an Bord
getragen –
Mit der Rechten an die phryg'sche Mütze langt der
Meerplebejer,
Beut zum Sprung ins Boot die Linke dem behelmten
Aquilejer.

Schon entflieht ein Schiff mit wehnden Segeln, flatternden
Gewanden,
Drin sich weitgetrennte Lose sonder Wahl zusammenfanden,

Unbekannte Hände drücken sich in angstbeklommnem
Traume,
Aquilejas Überbleibsel schmiegen sich in engem Raume.

Letzte Scheideblicke wendend, sehn sie noch den Himmel
bluten,
Aber tiefer stets und ferner brennen die gesunknen Gluten.
Still verglimmt der Heimat müde Todesfackel. Auf die
Ruder
Beugt sich Unglück neben Unglück, Bruder seufzend neben
Bruder.

Eine Fürstin küßt ein Knäblein, ein dem Edelblute fremdes,
Eine Sklavin wärmt ein fürstlich Kind im Schoß des
Wollenhemdes –
Unter ihnen *eine* Tiefe, über ihnen *eine* Wolke –
Liebe taut vom Himmel, Liebe wächst in diesem neuen
Volke.

Über eines Mantels Flattern, sturmverwehten greisen
Haaren
Will das Schweben einer Glorie einen Heilgen offenbaren,
Dieses ist der heilge Markus, rüstig rudernd wie ein
andrer –
Nach den nahenden Lagunen lenkt die Fahrt der sel'ge
Wandrer.

Neben ihm der Jugendschlanke schlägt die Wellen, daß sie
schallen,
Wirren Locken sind die Kränze schwelgerischer Lust
entfallen.
Der Bacchant wird zum Äneas. Niederbrannte Trojas Feuer.
Mit den rudernden Genossen sucht er edles Abenteuer.

Mälig lichtet sich der Osten. In der ersten Helle schauen
Kecke Männer tief ins Antlitz morgenbleicher schöner
Frauen –

Lieblich Haupt, das blonde Flechten wie mit lichtem Ring
umwinden,
Bald an einem tapfern Herzen wirst du deine Heimat
finden!

Scharfgezeichnet neigt sich eines Helden narbge Stirne
denkend,
In das göttliche Geheimnis ewgen Werdens sich
versenkend;
Rings in Stücke sprang zerschmettert Romas rostge
Riesenkette,
Neue Weltgeschicke gönnen junger Freiheit eine Stätte ...

Wie geworfen aus dem Himmel, heiter spielend, von
Auroren,
Schwimmt ein lichter Kranz von Inseln, in die blaue Flut
verloren,
Durch die Brandung gehn die Kähne mit beseelten
Ruderschlägen,
Fischer stehen schaumgebadet, und sie rufen sich entgegen:

›Flehnde kommen wir, Veneter! Drüben flammt ein weit
Verderben!
Unsre Seelen sind entronnen einem ungeheuern Sterben!‹
›Freuet euch! Ihr lebt und atmet! Hier ist euch Asyl
gegeben!
Friede sei mit euren Toten! Freude denen, die da leben!‹

Machtvoll, Schwert und Ruder tragend, wallen Genien vor
den Böten;
Auch ein Schwarm von Liebesgöttern flügelt durch die
jungen Röten –
Über das Gestein der Inseln geht ein Hauch von Lust und
Wonne,
Ahnungsvollem Meer entsteigend, prangt Venedigs erste
Sonne.

Blonde Julia, deiner Heimat Ursprung hab ich dir verkündet,
Liebe hat die Stadt Venedig, Liebe hat die Welt gegründet –
Deiner Augen strahlend blauer Himmel würde bleichen ohne
Liebesfeuer und verstummen, wie die Laute des Giorgione.«

Venedig

Venedig, einen Winter lebt' ich dort –
Paläste, Brücken, der Lagune Duft!
Doch hier im harten Licht der Gegenwart
Verdämmert mälig mir die Märchenwelt.
Vielleicht vergaß ich einen Tizian.
Ein Frevel! Jenen doch vergaß ich nicht,
Wo über einem Sturm von Armen sich
Die Jungfrau feurig in die Himmel hebt,
So wenig als den andern Tizian –
Doch kein gemalter war's – die Wirklichkeit:
Am Quai, dem nächtgen, der Slawonen war's.
Im Dunkel stand ich. Fenster schimmerten.
Zwei dürftge Frauen kamen hergerannt.
Hart an die Scheibe preßt' das junge Weib
Die bleiche Stirn. Was drinnen sie erblickt,
Das sie erstarren machte, weiß ich nicht.
(Vielleicht den Herzgeliebten, welcher sie
An eines andern Weibes Brust verriet.)
Ich aber sah den feinsten Mädchenkopf
Vom Tod entfärbt! Ein Antlitz voller Tod!
Die Mutter führte weg die Schwankende ...
Die beiden Tiziane blieben mir
Stets gegenwärtig; löschen sie, so lischt
Die Göttin *vor* dem armen Menschenkind.

Auf dem Canal grande

Auf dem Canal grande betten
Tief sich ein die Abendschatten,
Hundert dunkle Gondeln gleiten
Als ein flüsterndes Geheimnis.

Aber zwischen zwei Palästen
Glüht herein die Abendsonne,
Flammend wirft sie einen grellen
Breiten Streifen auf die Gondeln.

In dem purpurroten Lichte
Laute Stimmen, hell Gelächter,
Überredende Gebärden
Und das frevle Spiel der Augen.

Eine kurze kleine Strecke
Treibt das Leben leidenschaftlich
Und erlischt im Schatten drüben
Als ein unverständlich Murmeln.

Die Narde

(Nach einem venezianischen Bilde)

Die brave Marthe tat, was sie vermocht',
Sie rupfte, spickte, briet und sott und kocht',
Sie schob dem Herrn die braunsten Kuchen zu,
Und: »Diesen«, sagt' sie, »Herr, versuche du!«

Maria nahte, die den schlanken Krug,
Gefüllt mit einer seltnen Narde, trug.
Sie neigt' das Knie, den Krug. Die Narde floß.
Sie neigt' das Herz, das strömend sich ergoß.

In der beseelten Hand Mariens ruht'
Der edle Fuß. Drauf quoll der Narde Flut.
Ihn abzutrocknen, löste sie des Haars
Geschlungnen Knoten. Blond und seiden war's.

Ein spitz Geflüster regte sich am Tisch,
Wie der getretnen Viper scharf Gezisch:
»Das duftet! Tausend oder mehr Denar
Verduften mit! Ich wollt', wir hätten's bar!

Bei Levi legten wir's auf Zins geschwind
Und draus erzögen wir ein Waisenkind –«
»Still«, sagt' der Göttliche, »laß unentweiht,
Judas! Wer liebt, verschwendet allezeit.«

Nach einem Niederländer

Der Meister malt ein kleines zartes Bild,
Zurückgelehnt, beschaut er's liebevoll.
Es pocht. »Herein.« Ein flämischer Junker ist's
Mit einer drallen, aufgedonnerten Dirn,
Der vor Gesundheit fast die Wange birst.
Sie rauscht von Seide, flimmert von Geschmeid.
»Wir haben's eilig, lieber Meister. Wißt,
Ein wackrer Schelm stiehlt mir das Töchterlein.
Morgen ist Hochzeit. Malet mir mein Kind!«
»Zur Stunde, Herr! Nur noch den Pinselstrich!
Sie treten lustig vor die Staffelei:
Auf einem blanken Kissen schlummernd liegt
Ein feiner Mädchenkopf. Der Meister setzt
Des Blumenkranzes tiefste Knospe noch
Auf die verblichne Stirn mit leichter Hand.
»Nach der Natur?« – »Nach der Natur. Mein Kind.
Gestern beerdigt. Herr, ich bin zu Dienst.«

Ja

(Nach einer alten Skizze)

Als der Herr mit mächtger Schwinge
Durch die neue Schöpfung fuhr,
Folgten in gedrängtem Ringe
Geister seiner Flammenspur.

Seine schönsten Engel wallten
Ihm zu Häupten selig leis,
Riesenhafte Nachtgestalten
Schlossen unterhalb den Kreis.

»Eh ich euern Reigen löse«,
Sprach der Allgewaltge nun,
»Schwöret, Gute, schwöret, Böse,
Meinen Willen nur zu tun!«

Freudig jubelten die Lichten:
»Dir zu dienen, sind wir da!«
Die zerstören, die vernichten,
Die Dämonen, knirschten: »Ja.«

Die Kapelle der unschuldigen Kindlein

Aus Henkerfäusten flogen zum Himmel sie empor,
Sie traten zwei und zweie hinein ins sel'ge Tor,
Einand am Händchen haltend und singend wohlgemut,
Sie trugen in den Locken ein leuchtend Mal von Blut.

»Wir kommen in den Himmel – und solches ist uns lieb –
Weil das gelobte Kindlein statt unser unten blieb!
Wir litten für das Büblein den herben Todeskuß,
Den es am bittern Kreuze statt unser leiden muß!«

Die Engel alle kommen heran in hellem Flug,
Sie bringen schönes Spielzeug und Blumenlust genug.
Jetzt führen sie den Reigen mit Fiedel und Schalmei ...
Es klagt aus ferner Tiefe der Mütter Wehgeschrei.

Die Kartäuser

Ich sehe sie auf Sacchis süßem Bilde
Beschreiten ihrer toten Brüder Grüfte,
Gegürtet mit dem Knotenstrick die Hüfte,
In weißen Kleidern, festlich, göttlich milde –
Manch einer schleppte sich mit Schwert und Schilde,
Gepanzert saust' zu Roß er durch die Lüfte,
Bevor er suchte die verlornen Klüfte
Und weltentsagend trat in diese Gilde.
Sie alle wollen hier in öder Wildnis
Vergessen ein verführerisches Bildnis,
Sie alle wollen hier ein Stündlein büßen,
Um mit den Reinen rein sich zu begrüßen,
Sie alle wollen hier ein Stündlein beten,
Bevor sie vor den strengen Richter treten.

Der römische Brunnen

Aufsteigt der Strahl und fallend gießt
Er voll der Marmorschale Rund,
Die, sich verschleiernd, überfließt
In einer zweiten Schale Grund;
Die zweite gibt, sie wird zu reich,
Der dritten wallend ihre Flut,
Und jede nimmt und gibt zugleich
  Und strömt und ruht.

Tarpeja

Am Brunnen überflutet im Dämmerlicht
Der volle Krug und die Mägde merken's nicht,
Denn Nina plaudert: »Freundinnen, wißt ihr wohl,
Daß eine sitzt im Gestein am Kapitol?

Mein Schatz, der Beppo, hat sie unlängst gesehn
Vor ihrem runden Silberspiegel stehn,
Die sich zu Haupt das güldene Krönlein hub –
Mein Schatz, der Beppo, da er nach Münzen grub.

Er schlüpfte durch einen schmalen Felsengang,
Er tappte sich einen finstern Pfad entlang –
Sie glomm in Höllenlicht! Er rief: ›Wie schön!‹
Die Treppe brach mit donnerndem Getön.

Sie war des römischen Kastellanes Kind
Und sie verriet die Burg und das Burggesind!
Mit Fingerdeut bedang sich die schlaue Maid
Des Feindes Helmgekrön und Schildgeschmeid!

Die Krönlein all und die Stein' und die goldnen Ring'
Beäugelt' sie, die in des Feindes Lager ging!
Sie öffnet' ihm ein Tor mit sündgem Mut
Und sah des Vaters Haupt, es schwamm in Blut.

Doch da am Feinde sie die Löhnung sucht',
Ward sie mit Hohn erdrückt und mit Schildeswucht,
Sie stürzte, von ihrem eigenen Hort entseelt,
Erstickt vom Lohne, den sie selbst gewählt.

Dann grub die Zeit sie tief und tiefer ein,
Sie sank hinunter, hinab ins Felsgestein,
Hinab, hinunter viel hundert Klafter tief
Mit ihrem gleißenden Hort, darin sie schlief.

Da sitzt die arme Seele nun in Pein
Und putzt, die eitle, sich mutterseelallein –
Tarpeja, gib heraus der Kettlein drei!
Wir tragen's den Knaben zu Lust in Lüften frei!

Tarpeja, gleite durch den Felsenspalt
Drei Kettlein und drei goldene Ringlein bald!
Tarpeja lieb! Wir sind zufrieden, gibst
Du nur, was du verächtlich beiseite schiebst.

Der Beppo sagt: Weil du begingst Verrat,
Bist du verdammt für deine Missetat!
Behüt' mich Gott! In Ewigkeit verdammt!
Weil dir nach rotem Gold das Herz geflammt.

Man hört es oft – so sagt er – wie du lachst,
Wann du dich schön vor deinem Spiegel machst!
Man hört es oft – so sagt er – wie du weinst,
Weil nicht du kommst in den schönen Himmel einst!

Tarpeja lieb, entsage der bösen Lust!
Tarpeja, gib die Kettlein um Hals und Brust!
Wir beten, Arge, für dich den Rosenkranz,
Du steigst empor, empor in den Himmelsglanz!«

Die gegeißelte Psyche

Wo von alter Schönheit Trümmern
Marmorhell die Säle schimmern,
Windet blaß und lieblich eine
Psyche sich im Marmelsteine.

Unsichtbarem Geißelhiebe
Beugt sie sich in Qual und Liebe,

Auf den zarten Knieen liegend,
Enge sich zusammenschmiegend.

Flehend halb und halb geduldig
Trägt sie Schmach und weiß sich schuldig,
Ihre Schmerzensblicke fragen:
Liebst du mich? und kannst mich schlagen?

Soll dich der Olymp begrüßen,
Arme Psyche, mußt du büßen!
Eros, der dich sucht und peinigt,
Will dich selig und gereinigt.

Der tote Achill

Im Vatikan vor dem vergilbten Marmorsarg,
Dem ringsum bildgeschmückten, träumt' ich heute lang,
Betrachtend seines feinen Zierats üppgen Kranz:
Thetis entführt den Sohn, den Rufer in der Schlacht,
Den Renner, dem die Knie' erschlafften, welchem schwer
Die Lider sanken – von Delphinen rings umtanzt,
Im Muschelwagen durch des Meers erregte Flut.
Tritonen, bis zum Schuppengurt umbrandete,
Bärtge Gesellen, schilfbekränztes, stumpfes Volk,
Gebärden sich als Pferdelenker. Es bedarf
Der mut'gen Rosse Paar, das, Haupt an kühnem Haupt,
Die weite Flut durchrudert mit dem Schlag des Hufs,
Des Zügels nicht! In des Peliden Waffen hat
Sich schäkernd ein leichtsinniges Gesind geteilt:
Die Nereiden. Eine hebt das Schwert und zieht's
Und lacht und haut und sticht und wundet Licht und Luft.
Ein schlankes Mädchen zielt mit rückgebognem Arm,
In schwachgeballter Faust den unbesiegten Speer,
Der auf und nieder, wie der Waage Balken, schwankt.
Die dritte schiebt der blanken Schulter feinen Bug

Dem Erzschild unter, ganz als zöge sie zu Feld,
Dann deckt damit den sanften Busen gaukelnd sie,
Als schirmt' das Eisen eines Kriegers tapfre Brust.
Die vierte – Held, du zürntest, schlummertest du nicht! –
Setzt jubelnd sich den Helm, den wildumflatterten,
Auf das gedankenlose Haupt und nickt damit.
Scherzt, Kinder! Nur mit dir ein Wort, Vollendeter!
(Denn mit der Mutter, die dein schlummerschweres Haupt
Im Schoß gebettet hält, der dir das Leben gab,
Der schmerzversunknen Mutter, plaudert es sich nicht.)
Pelide, sprich! Was ist der Tod? Wohin die Fahrt?
Wozu die Waffen? Zu erneutem Lauf und Kampf?
Zu deines Grabes Schmuck und düstern Ehren nur?
Was blitzt auf deinem Schwerte? Deine letzte Tat,
Verglimmend wie der Abend eines heißen Schlachtentags?
Die Morgensonnen eines neuen Kampfgefilds?
Bedarfst du deines Schwertes noch, du Schlummernder?
Wohin der Lauf? Zum Hades? Nein, es lügt Homer.
Den Odem neiden einem kleinen Ackerknecht
Sieht nicht dir ähnlich, Heros! Eher fährst
Du einer Geisterinsel bleichem Frieden zu
Und trägst den Myrtenkranz, beseligt und gestillt,
Mit den Geweihten! Doch auch solches ziemt dir nicht!
Was einzig dir geziemt, ist Kampf und Kampfespreis –
Pelide! ein Erwachen schwebt vor deinem Boot
Und schimmert unter deinem mächtgen Augenlid!
Du lebst, Achill? Gib Antwort! Wohin wanderst du?
Er schweigt! Er schweigt. Der Wagen rollt. Ein Triton bläst
Sein Muschelhorn, daß leis und dumpf der Marmor schallt.

Der Musensaal

Jüngst trug ein Traum auf dunkler Schwinge mich
Nach Rom, der ewgen Stadt. Den Vatikan
Betrat ich. Ich betrat den Musensaal

Verwundert, denn er war ein andrer heut,
Als ich geschaut mit jungen Augen ihn,
Da Pio Nono höchster Priester war.
Verschwunden aus dem edeln Oktogon,
Dem kuppelhellen, war der Musaget,
Apollo, der die Zither zierlich schlug,
Voranzugehn dem Chor tanzmeisterlich.
Die Neune saßen oder standen nicht
Umher verteilt in schönen Stellungen –
In wilder Gruppe schritten eilig sie,
Wie Schnitterinnen, die auf blachem Feld
Ein flammendes Gewitter überrascht:
Voran die blutige Melpomene,
Die an den Söhnen rächt der Väter Schuld.
Sie trägt das Schwert und auch den Kranz von Wein.
Wer schreitet, schlicht gewandet, neben ihr?
Kalliope, die keusch und kindlich blickt,
Die den erblindeten Homer geführt,
Die tapfre Helden liebt und Schildgetos
Und Roßgestampf und dann abseits der Schlacht
In jugendzartem Busen Lose wägt –
Weithallend redet dort ein mächtig Paar,
Terpsichore und Polyhymnia:
»Der Tag ist fern und er erfüllt sich doch:
Die Völker schreiten *einen* Reigen einst,
Sich an den Händen haltend, frei gesellt,
Vieltausendstimmig dröhnt der Chorgesang!«
»Dann weicht das Leid! Nicht alles, aber doch
Das meiste Leid!« Euterpe flötet es,
Das liebliche Geschöpf, die Schmeichlerin!
»Dann füllt«, Erato lacht's mit blühndem Mund,
Die schöne Schelmin, die das Liebeslied,
Das Zechlied für allein unsterblich hält,
»Dann füllt ein jeder seine Schale sich
Mit duftgem Wein und schlürft und keiner darbt!«
»Törinnen!« gellt ein scharfgeschnittner Mund,
»Verspotte sie, mein Aristophanes! . . .

Doch eure Kampfgesellin bin ich auch!
Ich morde lachend, was nicht sterben kann,
In trunkner Lust, wie die Bacchante jach
Ein Zicklein oder Reh in Stücke reißt.
Mordlustger bin ich noch und tragischer
Als du, mein Schwesterchen Melpomene,
Denn du erhellest unter Zähren dich,
Doch mein Gelächter, Tränen schluchzen drin!«
Thalia rief's und unterm Epheukranz
Verlarvte mit der Satyrmaske sie
Die wehmutvoll ergriffnen Züge sich
Und hob mit nervgem Arm das Tympanum.
Die letzte wandelt noch Urania,
Die Gläubige mit dem gehobnen Blick
(Die andern heißen sie die Schwärmerin),
Doch trennt sie sich von den Geschwistern nicht.
Sie sieht den Sturm der Erdendinge ruhn
In friedevollen Händen immerdar –
Auf flattert das Gewand! Die Locken wehn!
Die Kuppel weicht! In leuchtend tiefem Blau
Entfesselt schwebt der Musenchor einher.

*Alte Schweizer**

Sie kommen mit dröhnenden Schritten entlang
Den von Raphaels Fresken verherrlichten Gang
In der puffigen alten geschichtlichen Tracht,
Als riefe das Horn sie zur Murtener Schlacht:

»Herr Heiliger Vater, der Gläubigen Hort,
So kann es nicht gehn und so geht es nicht fort!

* Bei der Thronbesteigung Leos XIII. brach im Vatikan eine kleine Palastrevolte aus, weil der sparsame Papst den Schweizern das übliche Donativ zurückhielt.

Du sparst an den Kohlen, du knickerst am Licht –
An deinen Helvetiern knausre du nicht!

Wann den Himmel ein Heiliger Vater gewann,
Ergibt es elf Taler für jeglichen Mann!
So galt's und so gilt's von Geschlecht zu Geschlecht,
Wir pochen auf unser historisches Recht!

Herr Heiliger Vater, du weißt wer wir sind!
Bescheidene Leute von Ahne zu Kind!
Doch werden wir an den Moneten gekürzt,
Wir kommen wie brüllende Löwen gestürzt!

Herr Heiliger Vater, die Taler heraus!
Sonst räumen wir Kisten und Kasten im Haus –
Potz Donner und Hagel und höllischer Pfuhl!
Wir versteigern dir den apostolischen Stuhl!«

Der Heilige Vater bekreuzt sich entsetzt
Und zaudert und langt in die Tasche zuletzt –
Da werden die Löwen zu Lämmern im Nu:
»Herr Heiliger Vater, jetzt segne uns du!«

Abschied von Korsika

Ölbaumsilber, Myrte, Lorbeer, Pinie,
Bald im Schnee der Heimat denk ich euer –
Sanfte Buchten, blaue Meereslinie,
Auf dem Abend dunkelnd Burggemäuer!
Aus der Schlucht erstrahlend Hirtenfeuer!

Lebet, Korsen, wohl, mir lieb geworden!
Vor den Kirchen lüpft ihr leicht die Hüte!
Gerne knallt ihr und ein bißchen Morden

Steckt seit alter Zeit euch im Geblüte –
Daß die heilge Jungfrau euch behüte!

Klimmend am Gestein des Insellandes,
Lebet wohl, ihr hitzgen kleinen Pferde!
Wallend um die Krümmungen des Strandes,
Lebet, Schafe, wohl! Gedrängte Herde
Mit den weichsten Vließen auf der Erde!

Lebet wohl, ihr grellen Hirtenflöten,
Um die Gunst der jungen Korsin werbend!
Lebet wohl, ihr warmen Abendröten,
In den weiten Himmeln selig sterbend,
Erst die Wolken, dann die Fluten färbend!

Märchen, aus dem Tageslicht verschollen,
An Ajaccios nächtger Hafenstiege
Lebe wohl im dumpfen Wogenrollen!
Ehernes Gedröhn der hundert Siege
Um des toten Welterobrers Wiege!

Schwer entsagt das Aug der offnen Ferne,
Schwer das Ohr dem Meereswellenschlage –
Unter kältre Sonnen, blaßre Sterne
Folget mir, ihr Inselwandertage,
Und umklingt mich dort wie eine Sage ...

Napoleon im Kreml

Er nickt mit seinem großen Haupt
Am Feuer eines fremden Herds:
Im Traum erblickt er einen Geist,
Der seines Purpurs Spange löst.

Der Dämon schreit mit wilder Gier:
»Mich lüstet nach dem roten Kleid!

In ungezählter Menschen Blut
Getaucht, verfärbt der Purpur nicht!«

Die beiden rangen Leib an Leib.
»Gib her!« – »Gib her!« Der Dämon fleucht
Mit spitzen Flügeln durch die Nacht
Und schleift den Purpur hinter sich.

Und wo der Purpur flatternd fliegt,
Sprühn Funken, lodern Flammen auf!
Der Korse fährt aus seinem Traum
Und starrt in Moskaus weiten Brand.

Die Korsin

Als das Mütterlein erkrankt,
Zog es ächzend aus die Schuh,
Ist dem Bettlein zugewankt,
Bettet' sich zur ewgen Ruh,
Seine Haare weiß wie Flachs,
Seine Füße gelb wie Wachs –
Statt wie Mütterlein zu tun,
Sterb ich stracks in meinen Schuhn!

Heute war ich in der Stadt
Mit dem letzten Silberling,
Schaute, was der Krämer hat,
Kramte weder Kreuz noch Ring,
Kaufte Mehl von Weizenkorn
Und ein volles Pulverhorn –
In die freien Berge nun
Lauf ich stracks in meinen Schuhn!

Reiten just die Blauen* aus,
Trinken beim Battista Wein,

* Die Gendarmerie.

Laden scharf am Zollerhaus,
Sprengen ins Gebirg hinein ...
Rasch zur Linken abgeschweift!
Psss ... Die erste Kugel pfeift –
Nächtens bei dem Liebsten ruhn
Werd ich stracks in meinen Schuhn!

Der Gesang des Meeres

Wolken, meine Kinder, wandern gehen
Wollt ihr? Fahret wohl! Auf Wiedersehen!
Eure wandellustigen Gestalten
Kann ich nicht in Mutterbanden halten.

Ihr langweilet euch auf meinen Wogen,
Dort die Erde hat euch angezogen:
Küsten, Klippen und des Leuchtturms Feuer!
Ziehet, Kinder! Geht auf Abenteuer!

Segelt, kühne Schiffer, in den Lüften!
Sucht die Gipfel! Ruhet über Klüften!
Brauet Stürme! Blitzet! Liefert Schlachten!
Traget glühnden Kampfes Purpurtrachten!

Rauscht im Regen! Murmelt in den Quellen!
Füllt die Brunnen! Rieselt in die Wellen!
Braust in Strömen durch die Lande nieder –
Kommet, meine Kinder, kommet wieder!

Das Strandkloster

Bollwerk und Mauer trutzen
Dem Wellenwurf schon ein Jahrtausend ja,

Wir singen, elf Kapuzen,
Ein kräftig schallend Deo Gloria!

Die Kutten, stark gewoben,
Umhingen uns in braunen Lappen lang,
Sie sind gemach verstoben,
Die Stäubchen irren durch den Klostergang.

Die Orgel im Empore
Spielt unser zwölftes totes Brüderlein,
Hier rieselt uns im Chore
Der morsche Kalk sanft ins Geripp herein.

Es glitt vor tausend Jahren
Dem Strand ein Sarazenensegel nah,
Sobald's vorbeigefahren,
Anstimmten wir ein kräftig Gloria.

Ergötzt von unserm Singen,
Nahm der Pirat zu uns zurück den Lauf,
Zwölf Köpfe ließ er springen,
Das Blut schoß wie aus Brunnenröhren auf.

Wir singen ohne Kehlen,
Wir sitzen fröhlich ohne Schädel da,
Wir singen mit den Seelen
Ein kräftig schallend Deo Gloria!

Der Morgenstrahl, der schiefe,
Durchs rechte Fenster äugelt er herein,
Vergoldend in der Tiefe
Ein lustiglich psallierend Totenbein.

Der Abendstrahl, der schräge,
Durchs linke Fenster blinzelt er herein,
Und zählt, ob allerwege
Wir richtig unser elf Gespenster sei'n.

Oft übertäubt das Dröhnen
Des Meers die Noten unsrer Litanei,
Aus unsern Orgeltönen
Erhebt sich oft ein schriller Möwenschrei –

Bollwerk und Mauer trutzen
Dem Wellenwurf noch tausend Jahre ja,
Wir singen, elf Kapuzen,
Ein kräftig schallend Deo Gloria!

Nicola Pesce

Ein halbes Jährchen hab ich nun geschwommen
Und noch behagt mir dieses kühle Gleiten,
Der Arme lässig Auseinanderbreiten –
Die Fastenspeise mag der Seele frommen!

Halb schlummernd lieg ich stundenlang, umglommen
Von Wetterleuchten, bis auf allen Seiten
Sich Wogen türmen. Männlich gilt's zu streiten.
Ich freue mich. Stets bin ich durchgekommen.

Was machte mich zum Fisch? Ein Mißverständnis
Mit meinem Weib. Vermehrte Menschenkenntnis.
Mein Wanderdrang und meine Farbenlust.

Die Furcht verlernt' ich über Todestiefen,
Fast bis zum Frieren kühlt' ich mir die Brust –
Ich *bleib* ein Fisch und meine Haare triefen!

Zwiegespräch

Sonne:

Meine Strahlen sind geknickte Speere,
Ich versank in blut'ger Heldenehre –

Abendröte:

Wie der Ruhm, will ich mit lichten Händen
In das nahe Dunkel Grüße spenden.

Sonne:

Folge deiner Sonne! Längs dem Strande
Schleppe nicht die dämmernden Gewande!

Abendröte:

Darf ich nicht ans Sterben mich gewöhnen
Mit den sanften, mit den grünen Tönen?

Sonne:

Eile dich! Bevor den jungen Helden
Eines neuen Tages Fackeln melden!

Abendröte:

Ich bin dein, dir folg ich unaufhaltsam!
Ich bin dein, doch zieh mich nicht gewaltsam ...

Flut und Ebbe

In einem fernen umbrandeten Land
Spielen die Mädchen ein Spiel an dem Strand,
Schreiten im Reigen, heiter gesinnt,
Wann zu steigen die Flut beginnt,
Weichen zurück in gemeßner Flucht
Aus der schwellenden Meeresbucht.
In den Gewässern ruhigklar

Werden sie krause Gestalten gewahr,
Rollt eine Woge, sie sehen ein Roß,
Sehn einen Reiter, bis er zerfloß.
»Schauet den Meermann! Garstig Gesicht!
Grinzende Larve! Du haschest mich nicht!«
Aber das Meer, es wächst und naht –
»Fliehet, ihr Schwestern! Sonst wird's zu spat!«
Alle sie stürzen in hastigem Lauf,
Gleiten und reißen die Strauchelnden auf
Bis zu der Bank, wo die Ebbe beginnt,
Wo, wie sie wissen, das Wasser zerrinnt.
Dort ist gelagert der flüchtige Chor,
Zieht an dem Felsen die Füße empor,
Fleht in den Himmel mit brünstigem Schrei'n:
»Götter! ihr lasset die Unschuld allein?«
Aber die Flut, da den Raub sie berührt,
Hat das Verhängnis des Ebbens gespürt,
Und, wie erschreckt durch das maidliche Ach,
Gleitet sie nieder und fällt gemach –
Gegen die Ziehnde mit drohendem Arm
Hebt sich verfolgend der blühende Schwarm:
»Höhnet die Feigen! Sie fliehn aus dem Krieg!
Kränzet die Locken und feiert den Sieg!«

Also vergnügt sich das sterbliche Heer
Mit dem gelaßnen, dem ewigen Meer.

Möwenflug

Möwen sah um einen Felsen kreisen
Ich in unermüdlich gleichen Gleisen,
Auf gespannter Schwinge schweben bleibend,
Eine schimmernd weiße Bahn beschreibend,
Und zugleich in grünem Meeresspiegel
Sah ich um dieselben Felsenspitzen

Eine helle Jagd gestreckter Flügel
Unermüdlich durch die Tiefe blitzen.
Und der Spiegel hatte solche Klarheit,
Daß sich anders nicht die Flügel hoben
Tief im Meer, als hoch in Lüften oben,
Daß sich völlig glichen Trug und Wahrheit.

Allgemach beschlich es mich wie Grauen,
Schein und Wesen so verwandt zu schauen,
Und ich fragte mich, am Strand verharrend,
Ins gespenstische Geflatter starrend:
Und du selber? Bist du echt beflügelt?
Oder nur gemalt und abgespiegelt?
Gaukelst du im Kreis mit Fabeldingen?
Oder hast du Blut in deinen Schwingen?

Das Ende des Festes

Da mit Sokrates die Freunde tranken
Und die Häupter auf die Polster sanken,
Kam ein Jüngling, kann ich mich entsinnen,
Mit zwei schlanken Flötenbläserinnen.

Aus den Kelchen schütten wir die Neigen,
Die gesprächesmüden Lippen schweigen,
Um die welken Kränze zieht ein Singen . . .
Still! Des Todes Schlummerflöten klingen!

V

Liebe

Alles war ein Spiel

In diesen Liedern suche du
Nach keinem ernsten Ziel!
Ein wenig Schmerz, ein wenig Lust,
Und alles war ein Spiel.

Besonders forsche nicht danach,
Welch Antlitz mir gefiel,
Wohl leuchten Augen viele drin,
Doch alles war ein Spiel.

Und ob verstohlen auf ein Blatt
Auch eine Träne fiel,
Getrocknet ist die Träne längst,
Und alles war ein Spiel.

Zwei Segel

Zwei Segel erhellend
Die tiefblaue Bucht!
Zwei Segel sich schwellend
Zu ruhiger Flucht!

Wie eins in den Winden
Sich wölbt und bewegt,
Wird auch das Empfinden
Des andern erregt.

Begehrt eins zu hasten,
Das andre geht schnell,
Verlangt eins zu rasten,
Ruht auch sein Gesell.

Hesperos

Über schwarzem Tannenhange
Schimmerst mir zum Abendgange,
Eine Liebe fühl ich neigen
Sich in deinem Niedersteigen,
Unbemerkt bist du gekommen,
Aus der blassen Luft entglommen –
So mit ungehörten Tritten
Durch die Dämmrung hergeglitten
Kam die Mutter, die mir legte
Auf die Schulter die bewegte
Hand, daß ich ihr nicht verhehle,
Was ich leide, was mich quäle,
Und warum ich ohne Klage
Mich verzehre, mich zernage.
Und ich schwieg und unter Zähren
Ließ sie meinen Trotz gewähren.
Hat sie Wohnung jetzt, die Milde,
Dort in deinem Lichtgefilde?
Deiner Strahlen saug ich jeden,
Durch das Dunkel hör ich reden,
(Und mir ist, als ob die kühle
Hand ich auf der Schulter fühle)
Reden nicht von Seligkeiten,
Nur Erinnrung alter Zeiten –
Jetzt versteht sie ohne Kunde
Wer ich bin im Herzensgrunde.
Dies und jenes muß sie schelten,
Andres läßt sie heiter gelten,

Und sie meint, wie sich's entschieden,
Gebe sie sich auch zufrieden ...
Abendstern, du eilst geschwinde!
Laß sie plaudern mit dem Kinde!
Freundlich zitternd gehst du nieder ...
Mutter, Mutter, komme *wieder*!

Das begrabene Herz

Mich denkt es eines alten Traums.
Es war in meiner dumpfen Zeit,
Da junge Wildheit in mir gor.
Bekümmert war die Mutter oft.
Da kam einmal ein schlimmer Brief.
(Was er enthielt, erriet ich nie.)
Die Mutter fuhr sich mit der Hand
Zum Herzen, fast als stürb' es ihr.
Die Nacht darauf hatt' ich den Traum:
Die Mutter sah verstohlen ich
Nach unserm Tannenwinkel gehn,
Den Spaten in der zarten Hand,
Sie grub ein Grab und legt' ein Herz
Hinunter sacht. Sie ebnete
Die Erde dann und schlich davon.

Ohne Datum

(An meine Schwester)

Du scherzest, daß ein Datum ich vergaß,
Und meinst, ich dürfte bei dem Stundenmaß
Mit einem Federstriche mich verweilen.
Du schreibst: »Datiere künftig deine Zeilen!«

Doch war das Zählen meine Sache nie,
Nach dem Wievielten such ich stets vergebens,
Auch diese Zeilen, wie datier ich sie?
»Aus allen Augenblicken meines Lebens!«

Kurz ist und eilig eines Menschen Tag,
Er drängt, er pulst, er flutet, Schlag um Schlag,
Wie eines Herzens ungestümes Klopfen ...
Wer teilt die Jagd des Bluts und seiner Tropfen?
Es ist der Sturm, der nie zur Rüste geht,
Die Wechselglut des Nehmens und des Gebens,
Und meine Haare flattern windverweht
In allen Augenblicken meines Lebens.

Zu ruhn ist mir versagt, es treibt mich fort,
Die Stunde rennt – doch hab ich einen Hort,
Den keine mir entführt, in deiner Treue;
Sie ist die alte wie die ewig neue,
Sie ist die Rast in dieser Flucht und Flut,
Ein fromm Geleite leisen Flügelschwebens,
Sie ist der Segen, der beständig ruht
Auf allen Augenblicken meines Lebens.

Ich hemme die beschwingten Rosse nicht,
Ich freue mich, mit jedem neuen Licht
Das Feld gestreckten Laufes zu durchmessen,
Ein fernes, dunkles Gestern zu vergessen,
Ich fliege – hinter mir versinkt die Zeit –
Im Morgensonnenstrahl verjüngten Strebens! ...
Vorbei! ... Nur du allein weißt noch Bescheid
Von allen Augenblicken meines Lebens.

Die Ampel

An des Jahres Wende sprach ich: Muse,
Keiner Mutter Hand beschert mich! Gib mir
Du mein Angebinde, Muse! fleht' ich.
In die Kammer, lauschend von dem Lager,
Sah ich bald der Schwestern eine schreiten.
Auf mein Tischchen setzt' sie einer Ampel
Zarte Form mit schlankgeschweiften Henkeln,
Aber die mir keineswegs antik schien.
Ich erschrak. Was meinst du, Muse? Rätst du
Nächtlich auszufeilen meine Verse?
Schon entschwebend, wandte sie das Antlitz
Halb. Ich sah des Musenhauptes edeln
Umriß mit den spottend feinen Lippen ...
Als ich dann in neuem Jahr erwachte,
Keine Ampel! Doch ich fand sie wieder –
Und erkannte gleich sie an der zarten
Form und an den schlankgeschweiften Henkeln –
In des Liebchens Hand, das mir die Treppe
Nächtlich hellt' mit stillen Ampelstrahlen.
Scheidend auf die letzte Stufe setzt' sie
Das Geschenk der Muse sacht und küßt' mich.

Unruhige Nacht

Heut ward mir bis zum jungen Tag
Der Schlummer abgebrochen,
Im Herzen ging es Schlag auf Schlag
Mit Hämmern und mit Pochen,

Als trieb' sich eine Bubenschar
Wild um in beiden Kammern,
Gewährt hat, bis es Morgen war,
Das Klopfen und das Hammern.

Nun weist es sich bei Tagesschein,
Was drin geschafft die Rangen:
Sie haben mir im Herzensschrein
Dein Bildnis aufgehangen!

Der Kamerad

Mit dem Tode schloß ich Kameradschaft.
Über einem vollen Humpen saßen
Oft wir nächtens und philosophierten.
Auch zusammen gingen wir spazieren,
Lauschten mit elegischen Gefühlen
Nach dem Pilgerruf der Abendglocke.
Aber männlich auch an meiner Seite
Stand der Kamerad und sekundierte,
Oder wann ich im Gebirg verirrt war,
Hangend über schwindelnd tiefem Abgrund,
Sprach er: »Blick mir in das Auge ruhig!«
Und ich tat es und ich war gerettet –
Lange standen wir auf gutem Fuße,
Bis mich volles Leben überströmte
Glühend warm mit unbekannter Fülle,
Und mir schauderte vor meinem Freunde ...
Als das Liebchen heute mir am Hals hing,
Über seine Schulter weg erblickt' ich
Meines Kameraden leichten Umriß
Auf dem Abendhimmel und er grollte:
»Bin ich dir verleidet? Deine feigen
Lippen meiden meinen schlichten Namen?
Ist das hübsch von einem Kameraden?«
In demselben Augenblick umarmte
Liebchen mich und rief: »So möcht' ich sterben!
Komme, Tod, und raub mich, Tod, im Kusse!«
Und der Tod, von schwellend jungen Lippen
Heiß und leidenschaftlich angerufen,

Hörte seinen Namen mit Vergnügen.
Über sein geheimnisvolles Antlitz
Glitt ein Leuchten und er schied in Minne.

Spielzeug

Liebchen fand ich spielend. Einen Kasten
Hatte sie entdeckt voll längstvergeßnen
Staubgen Kinderspielzeugs: Mauern, Tore,
Rathaus, Häuser, Häuserchen und Kirche ...
Sie erbaut' das Städtchen mit gelenken
Händen, stellt' den Kirchturm in die Mitte.
Doch ein Häuschen hatt' sie vorbehalten,
Vorbehalten sieben grüne Pappeln
Für ein allerliebstes kleines Landgut.
Nicht zu nah! Im Städtchen klatscht man sündlich.
Nicht zu ferne! Man bedarf der Menschen.
»Eben sind wir eingezogen!« jubelt'
Sie und klatscht' in ihre kleinen Hände.
In der Wonne des erworbnen Heimes
Riß ich Liebchen an mich so gewaltsam,
Daß den Arm sie streckte wie ertrinkend ...
Was erwischte sie mit schnellen Fingern,
Eng an meine Brust gepreßt? Die Kirche,
Ja die Kirche mit dem roten Dach war's,
Und sie stellt' sie dicht vor unser Landhaus.

Weihgeschenk

Heute deiner zu gedenken,
Deren Grab die Nacht betaut,
Nahen wir mit Weihgeschenken
Und gedämpftem Klagelaut!

Warum war dir's nicht gegeben,
Mutig deinen Tag zu leben?

Chor:

Warum schwandst du vor dem Ziel,
Allerlieblichstes Gespiel?

Braune, schwermutvolle Augen,
Öffnet euch ein letztes Mal!
Laßt aus euren Tiefen saugen
Mich noch einen süßen Strahl!
O wie hatt' ich euch so gerne,
Traute, träumerische Sterne –

Chor:

Sanften Schlummer, gute Ruh!
Tu die Augen wieder zu!

Wie das Schüttern zarter Saiten
Schlichen sich in jedes Herz
Deine stillen Lieblichkeiten,
Deiner Züge leiser Schmerz!
Feuchte Waldesschatten lagen
Über dir in Lenzestagen –

Chor:

Schwermut, Königin der Nacht,
Hat ihr Mägdlein umgebracht!

Wie ein Reh, dem Wald entronnen,
Das ein üppig Tal entdeckt,
Nahtest schüchtern du dem Bronnen,
Bebst, vom eignen Bild erschreckt!
Ängstlich, wo sich Wege teilen,
Seh ich zweifeln dich und weilen –

Chor:

Ohne Glauben an das Glück,
Flohst ins Dunkel du zurück!

Zeigte jung ein arger Spiegel
Dir den Wurm in jeder Frucht?
Schwebte nahen Todes Flügel
Über dir mit Eifersucht?
Nie hat dich ein Arm umschlossen,
Liebe hast du nie genossen –

Chor:

In der Sel'gen keuschen Hain
Tratest unvermählt du ein.

Willig stiegest du die Stufen
Nieder in dein frühes Grab,
Wandtest dich, von uns gerufen,
Lächelnd um – und stiegst hinab!
Mit gelassener Gebärde
Schiedest du vom Grün der Erde –

Chor:

Ließest du das süße Licht,
Doch vergessen bist du nicht!

Der Blutstropfen

Zur Zeit der Lese war's im Winzerhaus.
Des Herdes goldne Flamme prasselte,
Die Fensterscheiben überhauchten sich
Und draußen scholl das Evoe geisterhaft
Aus Nebeldämmer. Becher klangen. Jung
Und Alt empfand die bacchische Gewalt.
Mit einem zarten Schimmer röteten
Selbst ihr die Wangen sich, die unser Gast
Und dieser Erde Gast nicht lange war,
Ein stilles, scheues, ungezähmtes Kind.
Zum Reigen rief Lyäus. Jene schlich
Sich weg. Ins Freie blickte sie hinaus

Durchs Fenster. Dann beschrieb sie träumerisch,
Die ganz sich unbeachtet Wähnende,
Die Scheibe mit dem Finger. Weh! umstellt,
Belauert wurde sie von einem Schwarm
Und überfallen. Rasch in Trümmer schlug,
Das Antlitz glutbedeckt, die Scheibe sie,
Sich selbst verwundend. Dieses Tüchlein hier,
Das als Reliquie mir im Schreine liegt,
Fing, über die verletzte Hand gelegt,
Das Quellen eines Tropfen Blutes auf,
Der warm ihr eben erst im Herzen rann.

Jung schwand sie hin, und kein Lebendger weiß,
Was dort geschrieben auf der Scheibe stand –
Als dieser bleiche Tropfen Bluts vielleicht.

Stapfen

In jungen Jahren war's. Ich brachte dich
Zurück ins Nachbarhaus, wo du zu Gast,
Durch das Gehölz. Der Nebel rieselte,
Du zogst des Reisekleids Kapuze vor
Und blicktest traulich mit verhüllter Stirn.
Naß ward der Pfad. Die Sohlen prägten sich
Dem feuchten Waldesboden deutlich ein,
Die wandernden. Du schrittest auf dem Bord,
Von deiner Reise sprechend. Eine noch,
Die längre, folge drauf, so sagtest du.
Dann scherzten wir, der nahen Trennung klug
Das Angesicht verhüllend, und du schiedst,
Dort wo der First sich über Ulmen hebt.
Ich ging denselben Pfad gemach zurück,
Leis schwelgend noch in deiner Lieblichkeit,
In deiner wilden Scheu, und wohlgemut
Vertrauend auf ein baldig Wiedersehn.

Vergnüglich schlendernd, sah ich auf dem Rain
Den Umriß deiner Sohlen deutlich noch
Dem feuchten Waldesboden eingeprägt,
Die kleinste Spur von dir, die flüchtigste,
Und doch dein Wesen: wandernd, reisehaft,
Schlank, rein, walddunkel, aber o wie süß!
Die Stapfen schritten jetzt entgegen dem
Zurück dieselbe Strecke Wandernden:
Aus deinen Stapfen hobst du dich empor
Vor meinem innern Auge. Deinen Wuchs
Erblickt' ich mit des Busens zartem Bug.
Vorüber gingst du, eine Traumgestalt.
Die Stapfen wurden jetzt undeutlicher,
Vom Regen halb gelöscht, der stärker fiel.
Da überschlich mich eine Traurigkeit:
Fast unter meinem Blick verwischten sich
Die Spuren deines letzten Gangs mit mir.

Wetterleuchten

Im Garten schritt ich durch die Lenzesnacht.
Des Jahres erste Blitze loderten.
Die jungen Blüten glommen feuerrot
Und blichen wieder dann. Ein schönes Spiel,
Davor ich stille hielt. Da sah ich *dich*!
Mit einem Blütenzweige spieltest du,
Die junggebliebne Tote! Durch die Hast
Und Flucht der Zeit zurück erkannt' ich dich,
Die just des Himmels Feuer überglomm.
Erglühend standest du, wie dazumal,
Da dich das erste Liebeswort erschreckt,
Du Ungebändigte, du Flüchtende!
Dann mit den Blüten wieder blichest du.

Lethe

Jüngst im Traume sah ich auf den Fluten
Einen Nachen ohne Ruder ziehn,
Strom und Himmel stand in matten Gluten
Wie bei Tages Nahen oder Fliehn.

Saßen Knaben drin mit Lotoskränzen,
Mädchen beugten über Bord sich schlank,
Kreisend durch die Reihe sah ich glänzen
Eine Schale, draus ein jedes trank.

Jetzt erscholl ein Lied voll süßer Wehmut,
Das die Schar der Kranzgenossen sang –
Ich erkannte deines Nackens Demut,
Deine Stimme, die den Chor durchdrang.

In die Welle taucht' ich. Bis zum Marke
Schaudert' ich, wie seltsam kühl sie war.
Ich erreicht' die leise ziehnde Barke,
Drängte mich in die geweihte Schar.

Und die Reihe war an dir zu trinken,
Und die volle Schale hobest du,
Sprachst zu mir mit trautem Augenwinken:
»Herz, ich trinke dir Vergessen zu!«

Dir entriß in trotzgem Liebesdrange
Ich die Schale, warf sie in die Flut,
Sie versank und siehe, deine Wange
Färbte sich mit einem Schein von Blut.

Flehend küßt' ich dich in wildem Harme,
Die den bleichen Mund mir willig bot,
Da zerrannst du lächelnd mir im Arme
Und ich wußt' es wieder – du bist tot.

Einer Toten

Wie fühl ich heute deine Macht,
Als ob sich deine Wimper schatte
Vor mir auf diesem ampelhellen Blatte
Um Mitternacht!
Dein Auge sieht
Begierig mein entstehend Lied.

Dein Wesen neigt sich meinem zu,
Du bist's! Doch deine Lippen schweigen,
Und liesest du ein Wort, das zart und eigen,
Bist's wieder du,
Dein Herzensblut,
Indes dein Staub im Grabe ruht.

Mir ist, wann mich dein Atem streift,
Der ich erstarkt an Kampf und Wunden,
Als seist in deinen stillen Grabesstunden
Auch du gereift
An Liebeskraft,
An Willen und an Leidenschaft.

Die Marmorurne setzten dir
Die Deinen – um dich zu vergessen,
Sie erbten, bauten, freiten unterdessen,
Du lebst in mir!
Wozu beweint?
Du lebst und fühlst mit mir vereint!

Ihr Heim

Lang vorüber ging ich den Gehegen,
Drin der Giebel deines Heimes ragt,
Dieser Pforte, diesen Schattenwegen!

Wer da wohne, hab ich nicht gefragt.
        Wer da wohne
Hinter einer dunkeln Lindenkrone,
Hat das Herz mir nicht vorausgesagt.

Pfade liefen durch die feuchte Wiese,
Kleine Sohlen sah ich hier und dort
Eingezeichnet auf dem weichen Kiese,
Aber meines Weges zog ich fort.
        Ich begehrte
Zu verfolgen nicht die flüchtge Fährte,
Zu betreten nicht den stummen Ort.

Auch ein Rauschen hört' ich aus der Linde,
Die der Hauch der Abendlüfte bog;
»Komme, Wandrer«, rief es, »komm und finde!«
Während rascher ich des Weges zog.
        Ich vertraute
Dem Versprechen nicht der Geisterlaute,
Deren Wehn mir oft das Herz betrog.

Und den Stern der Liebe sah ich eilen
Dort zum dunkelscharfen Bergesrand,
Auf dem schlanken Giebel blitzend weilen
Wie ein zitternd Feuer, eh er schwand.
        Im Entweichen
Gab der Freund am Himmel mir ein Zeichen,
Wann er über meinem Glücke stand.

Längst versunken glaubt' ich's in die Ferne,
Das so nahe mir verborgen lag!
Wer versteht den stillen Wink der Sterne
Vor dem rechten, dem bestimmten Tag?
        Vor der Stunde,
Die ihn zieht zu dem ersehnten Bunde,
Den nicht Tod noch Leben trennen mag?

Lang vorüber ging ich deiner Liebe
Durch den Staub des Lebens unbewußt,
Daß zur Wonne mir die Klage bliebe
Und ein leiser Schmerz in sel'ger Brust –
Schmerz und Klage
Über ohne dich verdarbte Tage,
Die mit deinem Kuß du stillen mußt.

Liebesjahr

Hat sich die Kelter gedreht? Tanzt dort mit dem Laub eine Flocke?
Zuckte der Blitz im August? Blühten die Kirschen im Mai?
Blüten und Ähren und Trauben erblickt' ich in schwellendem Kranz nur
Um das geliebteste Haupt und ich erblicke sie noch.

Weihnacht in Ajaccio

Reife Goldorangen fallen sahn wir heute, Myrte blühte,
Eidechs glitt entlang der Mauer, die von Sonne glühte.

Uns zu Häupten neben einem morschen Laube flog ein Falter –
Keine herbe Grenze scheidet Jugend hier und Alter.

Eh das welke Blatt verweht ist, wird die Knospe neu geboren –
Eine liebliche Verwirrung, schwebt der Zug der Horen.

Sprich, was träumen deine Blicke? Fehlt ein Winter dir, ein bleicher?
Teures Weib, du bist um einen lichten Frühling reicher!

Liebst du doch die langen Sonnen und die Kraft und Glut der Farben!
Und du sehnst dich nach der Heimat, wo sie längst erstarben?

Horch! durch paradieseswarme Lüfte tönen Weihnachtsglocken!
Sprich, was träumen deine Blicke? Von den weißen Flocken?

Schneewittchen

Schneewittchen hast im Scherz du dich genannt,
Da plaudernd einst zusammen wir gesessen,
Der Augen tiefes Blau, die Elfenhand,
Des Nackens Blondgekraus, wer kann's vergessen?

Noch jüngst – ich schritt ein hohes Tal entlang,
Es war gekrönt mit sieben Silberspitzen,
Die von dem himmelnahen Felsenhang
Herunter auf die grünen Pfade blitzen –

»Schneewittchen!« rief ich laut und unbewußt,
»Schneewittchen hinter deinen sieben Bergen!
Führst droben pünktlich du mit kühler Brust
Den kleinen Haushalt deinen sieben Zwergen?«

Ein spottend Echo nur antwortet' mir,
Die Felsstirn rümpfte lachend ihre Falten;
Und doch, und doch, mir war's, ich hätt' von dir,
Schneewittchen! einen lieben Gruß erhalten.

Hirtenfeuer

Ließest unter uns dich nieder,
Liebe, liebenswerte Frau,
Aber heute ziehst du wieder
Wie die Sterne ziehn im Blau.

Siehst den Abendstern du blinken
Dort vor seinem Untergang?
Einen Augenblick im Sinken
Ruht er auf dem Bergeshang.

In der flüchtigen Minute,
In dem eilenden Moment
Ist's als ob er gastlich ruhte,
Wie ein Hirtenfeuer brennt.

Aber nur die kleinste Weile
Bringt er auf der Erde zu,
Sieh – er zittert ja vor Eile
Und verschwindet, Frau, wie du.

Laß scharren deiner Rosse Huf!

Geh nicht, die Gott für mich erschuf!
Laß scharren deiner Rosse Huf
  Den Reiseruf!

Du willst von meinem Herde fliehn?
Und weißt ja nicht, wohin, wohin
  Dich deine Rosse ziehn!

Die Stunde rinnt! Das Leben jagt!
Wir haben uns noch nichts gesagt –
  Bleib bis es tagt!

Du darfst aus meinen Armen fliehn?
Und weißt ja nicht, wohin, wohin
  Dich deine Rosse ziehn . . .

Dämmergang

Du lebst meerüber
In blauer Ferne
Und du besuchst mich
Beim ersten Sterne.

Ich mach im Felde
Die Dämmerrunde,
Umbellt, umsprungen
Von meinem Hunde.

Es rauscht im Dickicht,
Es webt im Düster,
Auf meine Wange
Haucht warm Geflüster.

Das Weggeleite
Wird trauter, trauter,
Du schmiegst dich näher,
Du plauderst lauter.

Da gibt's zu schelten,
Da gibt's zu fragen,
Und hell zu lachen
Und leis zu klagen.

Was wedelt Barry
So glückverloren?
Du kraust dem Liebling
Die weichen Ohren . . .

Die tote Liebe

Entgegen wandeln wir
Dem Dorf im Sonnenkuß,
Fast wie das Jüngerpaar
Nach Emmaus,
Dazwischen leise
Redend schritt
Der Meister, dem sie folgten
Und der den Tod erlitt.
So wandelt zwischen uns
Im Abendlicht
Unsre tote Liebe,
Die leise spricht.
Sie weiß für das Geheimnis
Ein heimlich Wort,
Sie kennt der Seelen
Allertiefsten Hort.
Sie deutet und erläutert
Uns jedes Ding,
Sie sagt: So ist's gekommen,
Daß ich am Holze hing.
Ihr habet mich verleugnet
Und schlimm verhöhnt,
Ich saß im Purpur,
Blutig, dorngekrönt,
Ich habe Tod erlitten,
Den Tod bezwang ich bald,
Und geh in eurer Mitten
Als himmlische Gestalt –
Da ward die Weggesellin
Von uns erkannt,
Da hat uns wie den Jüngern
Das Herz gebrannt.

Mit einem Jugendbildnis

Hier – doch keinem darfst du's zeigen,
Solche Sanftmut war mir eigen,
Durfte sie nicht lang behalten,
Sie verschwand in harten Falten,
Sichtbar ist sie nur geblieben
Dir und denen, die mich lieben.

VI

Götter

Die Schule des Silen

In der schattendunkeln Laube gab Silen, der weise, Stunde,
Der ihm weich ans Knie geschmiegte Bacchus hing an seinem Munde,
Lieblich lauschend.

Unter seinem krausen Barte lachte schelmisch der Ergraute,
Da er in das milde Feuer junger Götteraugen schaute,
Dann begann er:

»Kind, betrachte dieses Antlitz, die gedankenschweren Lider!
Kind, in jedem greisen Zecher ehre du die Züge wieder
Deines Lehrers.

Oft, wo die Veliten wankten, jene prahlerischen Knaben,
Sind es die Triarier, Liebling, die das Feld behauptet haben
Unerschüttert!

Wenn auf Chios mit dem Mädchen teilt den Becher der Ephebe,
Laß sie nippen, laß sie kosen – mit der vollsten Schale schwebe
Du vorüber.

Lenke deine götterleichten Schritte zu Homer, dem alten,
Netze seine heilgen Lippen, glätte seiner Stirne Falten,
Wundertäter!

Lös ihm jeder Erdenschwere Fessel mit der Hand, der milden,
Fülle du des Blinden Auge mit unsterblichen Gebilden,
Ewig schönen!«

Pentheus

Sie schreitet in bacchisch bevölkertem Raum
Mit wehenden Haaren ein glühender Traum,
        Von Faunen umhüpft,
Um die Hüfte den Gürtel der Natter geknüpft.

Melodisch gewiegt und von Eppich umlaubt,
Ein flüsterndes, rücklings geworfenes Haupt –
        »Ich opfre mich dir.
Verzehre, Lyäus, was menschlich in mir!«

»Agave!« ruft's, und der bacchische Schwarm
Zerstiebt und der Vater ergreift sie am Arm.
        »Weg, trunken Gesind!
Erwach und erröte, verlorenes Kind!

Du dienst einem Gaukler!« Im Schutz des Gewands
Verhüllt er den Busen, entreißt ihr den Kranz –
        Wild hebt sie den Stab.
Sie schlug! Aufstöhnt, der das Leben ihr gab.

»Ich glaube den Gott! Ich empfinde die Macht!
Ich strafe den Frevler, der Götter verlacht!
        Wer bist du, Gesicht?
Ich bin die Bacchantin! Ich kenne dich nicht!«

Er betrachtet sein Kind. Er erstaunt. Er erblaßt.
Er entspringt, von entsetzlichem Grauen erfaßt.
        Er flieht im Gefild,
Ein rennender Läufer, ein hastendes Wild.

»Herbei alle Schwestern! Mänaden, herbei!«
Erhebt sie den Weidruf, das helle Geschrei.
        »Zur Jagd! Zur Jagd!«
»Wir folgen dir, blonde, begeisterte Magd!«

Sie jagen den König, Agave vorauf,
Er stürzt in den Strom und erneuert den Lauf
    Am andern Gestad,
Auf spritzen die Wasser, sie springen ins Bad.

Er wirbelt mit bebenden Füßen den Staub,
Es dämmert – die Bacchen verfolgen den Raub –
    Es dämmert empor
Ein Fels ohne Pfad, eine Wand ohne Tor.

Er steht und er starrt an die grausige Wand,
Da trifft ihn der Thyrsus in rasender Hand –
    Nacht schwebt heran
Und erschrickt und verhüllt, was Agave getan.

Vor einer Büste

Bist du die träumende Bacche? Der Sterblichen lieblichste bist du!
  Still in den Winkeln des Munds lächelt ein grausamer Zug.

Die sterbende Meduse

Ein kurzes Schwert gezückt in nervger Rechten,
Belauert Perseus bang in seinem Schild
Der schlummernden Meduse Spiegelbild,
Das süße Haupt mit müden Schlangenflechten.
Zur Hälfte zeigt der Spiegel längs der Erde
Des jungen Wuchses atmende Gebärde –
»Raub ich das arge Haupt mit raschem Hiebe,
Verderblich der Verderberin genaht?
Wenn nur die blonde Wimper schlummern bliebe!
Der Blick versteint! Gefährlich ist die Tat.

Die Mörderin! Sie schließt vielleicht aus List
Die wachen Augen! Sie, die grausam ist!
Durch weiße Lider schimmert blaues Licht
Und – zischte dort der Kopf der Natter nicht?«

Medusen träumt, daß einen Kranz sie winde,
Der Menschen schöner Liebling, der sie war,
Bevor die Stirn der Göttin Angebinde
Verschattet ihr mit wirrem Schlangenhaar.
Mit den Gespielen glaubt sie noch zu wandern
Und spendet ihnen lockenschüttelnd Grüße,
In blühndem Reigen regt sie mit den andern
Die freudehellen, die beschwingten Füße,
Ihr Antlitz hat vergessen, daß es töte,
Es glaubt, es glaubt an die barmherzge Lüge
Des Traums. Es lauscht dem Hauch der Hirtenflöte,
Der weichmelodisch zieht durch seine Züge.
Es lächelt still, von schwerem Bann befreit,
In unverlorner erster Lieblichkeit.

Der Mörder tritt an ihre Seite dicht,
Und dunkler träumt Medusens Angesicht.
Ihr ist, sie habe Haß empfunden schon,
Vor sich geschaudert, dumpf und bang gelitten,
Die Menschen habe scheu sie erst geflohn,
Dann ihnen nachgestellt mit Meuchlerschritten –
Sie sinnt, was Unheilbares sie gequält,
Daß sie dem eignen Leben feind geworden
Und andres Leben sich ergötzt zu morden –
Sie sinnt umsonst. Ihr hält's der Traum verhehlt.
Die grause Larve, die sie lang geschreckt,
Ist wie mit einem Purpurtuch bedeckt.
Das Graun ist aufgelöst in Seligkeit,
Begonnen hat der Seele Feierzeit.
Der Dämmer herrscht. Das harte Licht verblich.
Als eine der Erlösten fühlt sie sich.
Sie fürchtet keines Schreckens Wiederkehr,

Sie weiß, die Qualen kommen nimmermehr,
Nein, nimmermehr, und nun ist alles gut!
Sie liegt, den Hals gebogen, auf dem Rasen,
Sie hört die Hirtenflöte wieder blasen
Und lauscht. Sie zuckt. Sie windet sich. Sie ruht.

Nächtliche Fahrt

Ein Schiff befuhr das Meer. Aufrauschend quoll
Die Flut am Kiel. Er suchte Pylos' Strand.
Das Steuer führt' ein Jüngling kummervoll,
Dem früh des Vaters Rat und Hilfe schwand.

Der Glückbedürftge hieß Telemachos
Und schaute nach des Segels nächtgem Flug,
Dicht neben ihm der hohe Fahrtgenoß,
Athene war's, die Mentors Züge trug.

Unendlich brach hervor der Sterne Heer,
Die lichten Waller wußten ihre Bahn ...
Da sprach die Tochter Zeus' auf dunkelm Meer:
»Zusammen rufen wir die Götter an!«

Die Hände, wie der Staubgeborne fleht,
Erhob sie ausgebreitet in die Nacht –
Und sie erhörte selber das Gebet,
Von ihr für den Verlaßnen dargebracht.

Der Stromgott

Morgengraun. Die Karawane windet sich dem Nil zur Seite,
Eine Rede dröhnt und murmelt über dunkler Stromesbreite.

Längs dem Ufer nippen durstig silbergraugeperlte Tauben,
Trinken Ibisse mit blankem Flügelpaar und schwarzen
Hauben.

Nil, der segenreiche Vater, sorgt für alle seine Kinder,
Speist und tränkt aus seiner Fülle keines mehr und keines
minder –

Neben einem braunen Reiter ein gebundner Knabe
wandelt,

Joseph ist's, von seinen Brüdern in die Sklaverei verhandelt.

Taub und Ibis flattern nur um wenig Flügelschläge weiter.
Joseph lauscht des Stromes Worten. Ruhig sitzt der stumme
Reiter.

»Knabe, deine Blicke trauern! Jüngling, deine Füße bluten!
Dich verkauften deine Brüder ... Sei willkomm an meinen
Fluten!

Joseph, fremder Knabe Joseph, du gefesselter, du müder,
Bist du einst der Herr der Ernten, speise deine schlimmen
Brüder!

Knabe Joseph!« rauscht es dumpfer. Das erstaunte Kind in
Banden
Tröstet sich des güt'gen Grußes, bleibt er auch ihm
unverstanden.

Auf des Niles weiten Wassern ist des Stromgotts Wort
verschollen,
Nur ein Antlitz schwimmt und schimmert, dessen Haare
lockig rollen ...

Jetzt beleben sich die Pfade. Schiffe blähen ihre Flügel.
Kleebeladene Kamele wandern, sanftbewegte Hügel.

Frauen kommen mit dem schlanken Kruge, die gemessen schreiten
In verhülltem, stillem Zuge, wie die Jahre, wie die Zeiten ...

Aus der ahnungsvollen Ferne ragen Spitzen, hell besonnte,
Steigen wie beschneite Gipfel weiß am reinen Horizonte –

Joseph schaut empor zum Reiter: »Mit dir meiner Väter Frieden!
Herr, wie nennst du dort die Berge?« – »Kind, du schaust die Pyramiden!«

Thespesius

Zwei Greise ruhten unter einer Pinie,
Stab neben Stab, an einer Quelle klarer Flut,
Wo wandernd sie begegnet sich von ungefähr.
Sie führten Zwiegespräch und sie behagten sich.
»Man nennt mich Eukrates, und wer, mein Freund, bist du?«
»Mich nannten Aridäus lange Jahre sie,
Seit langen Jahren bin ich nun Thespesius.«
»Zwei Namen trugst du?« – »Beide Namen, Eukrates.
Hör an! Ein Jüngling, peitscht' ich rasend das Gespann.
Die Rosse flogen. Becher, Buhlen, Würfelspiel,
Wut, Zorn, vergossen Blut – verklagend Blut!
Dem ich entfloh, die Eumeniden hinter mir –
Sie folgten meiner raschen Füße schnellstem Lauf,
Ich warf mich in den Fluß, sie sprangen jauchzend nach
Und hoben schwimmend ihrer Fackeln düstre Glut.
Ich klomm bergan – verirrt stürzt' ich von einer Wand –
Die Sinne schwanden mir. Dann lebt' ich wieder – war's
Im Traum? – und schritt auf einem weichen Wiesengrün,
Wo Sel'ge – solche schienen sie – lustwandelten
In still bewegten Scharen. Kränze trugen sie.
Den einen kannt' ich wohl und ward von ihm erkannt:

Mein Blutsverwandter, welcher jüngst geschwunden war
Aus dieser Erde Staub nach einem reinen Lauf.
Der sprach mich an: ›Ich grüße dich, Thespesius!‹
›Wozu der neue Name, wundersamer Ohm?
Wie nennst du mich? Dein Aridäus bin ich ja!‹
Die Locken schüttelt' leis er, die ambrosischen:
›Und abermals, ich grüße dich, Thespesius!‹ –
Jetzt wacht' ich wirklich auf. Am Hange lag
Ich blutbedeckt, von gier'gen Raben schon umschwärmt –
Was mehr? Ich ward ein andrer. Nicht mit kleinem Kampf!
Der Kampf ist groß! Mein neuer Name stärkte mich,
Der makellose, der so rein und göttlich klang!
Hab gute Fahrt!« – »Fahr wohl auch du, Thespesius!«

Der trunkene Gott

Weiße Marmorstufen steigen
Durch der Gärten laubge Nacht,
Schlanke Palmenfächer neigen
In des Himmels blaue Pracht.
Über Tempeln, Hainen, Grüften
Zecht in abendweichen Lüften
Alexanders Lieblingsschar;
Knieend bietet ihm ein Knabe,
Daß der Erde Herr sich labe,
Wein in edler Schale dar.

Herrlich ist's, den Wein zu schlürfen,
Lagernd in der Götter Rat,
Zwischen schwelgenden Entwürfen
Und der wundergleichen Tat!
Goldne Becher überquellen,
Ruhmesgeister mit den hellen
Helmen tauchen aus der Flut –
Goldne Schalen überschäumen,

Geister, die gebunden träumen,
Steigen auf in Zornesglut.

Kleitos neben Philipps Sohne
Furcht die Stirne kummervoll,
Der benarbte Mazedone
Schlürft im Weine Gram und Groll:
Er gedenkt der Heergenossen,
Die die erste Phalanx schlossen
In den Bergen kühl und fern –
Seinen dunkeln Mut zu kränken
Lüstet es den schönen Schenken
Lagernd an dem Knie des Herrn.

Die erhabne Stirn und Braue
Träumt den Zug ins Inderland,
Lauschend liest den Traum das schlaue
Kind, den Blick emporgewandt:
»Bacchus bist du, der belaubte,
Mit dem schwärmerischen Haupte,
Der ins Land der Sonne zieht!
Ohne Heer kannst du bezwingen,
Nur den Thyrsus darfst du schwingen,
Winke nur und Indien kniet!«

Finster grollt der alte Streiter:
»Durch der Wüste heißen Sand?
Immer ferner, immer weiter?
Nach des Indus Fabelstrand?
Kann ein Wink dir Sieg erwerben,
Warum bluten, warum sterben
Wir für dich? Zu deinem Spott?
Lebende kannst du belohnen,
Deine toten Mazedonen,
Wecke sie, bist du ein Gott!« –

»Welchen dampfenden Altares
Freust du auf der Erde dich?

Bist du die Gewalt des Ares,
Helmumflattert, fürchterlich?
Herr, bevor den niedern Talen
Du dich nahtest ohne Strahlen,
Welches war dein himmlisch Amt?
Bist du Zeus? Bist du ein andrer?
Bist du Helios, der Wandrer,
Dessen Stirne sonnig flammt?« –

Grimmig neigt der graue Fechter
Sich zum Ohr des Gottes hin,
Mit unseligem Gelächter
Rührt er an der Schulter ihn:
»Gast des Himmels, warum sinken
Haupt und Schulter dir zur Linken?*
Lastet dir der Erde Raub?
Mit den Göttern willst du zechen?
Spotten hör ich dein Gebrechen:
Alexander, du bist Staub!«

Eine zürnende Gebärde!
Blitz und Sturz! Ein Gott in Wut!
Ein Erdolchter an der Erde
Wälzt sich um in seinem Blut –
In den Abendlüften Schauer,
Ein verhülltes Haupt in Trauer,
Ausgerast und ausgegrollt!
Marmorgleich versteinte Zecher
Und ein herrenloser Becher,
Der hinab die Stufen rollt.

* Alexander war schief, seine rechte Schulter etwas höher als die schwächere linke.

Der Botenlauf

Blicke gen Himmel gewandt, gebreitete flehende Arme!
Knieende Mädchen und Fraun. Murmeln und schallender Ruf:
»Götter, beflügelt den Boten! Entscheidung, lieber als Bangnis!
Seit sich die Sonne erhob, ringen die Stadt und Tarquin.
Siehe, die Sonne versinkt! Mitkämpfer, Castor und Pollux,
Denkt der verlassenen Fraun, sendet den Boten geschwind!«
Horch! Achthufig Geklirr bergan. Zwei reisige Reiter!
Schon am heiligen Quell spülen die Waffen sie rein.
Dann, zwei gewaltige Jünglinge, stehn auf der ragenden Burg sie,
Gegen die schauernden Fraun hat sich der eine gekehrt:
»Freude, knospendes Mädchen! Entschlossene Römerin, Freude!
Herrlicher Sieg ist erkämpft! Geht ihr entgegen dem Heer?«
Einer spricht's und der andere lauscht, zu dem Bruder gewendet.
Jetzt in das bleichende Licht springen die Rosse empor.
Einer der Jünglinge schwindet im Abend, es schwindet der andre,
Denn wie ein liebendes Paar lassen die Brüder sich nicht.
Über der römischen Feste gewaltigem dunkelndem Umriß
Hebt sich in dämmernder Nacht seliges Doppelgestirn.

Der Gesang der Parze

In der Wiege schlummert ein schönes Römerkind,
Die graue Parze sitzt daneben und spinnt.
Sie schweigt und spinnt. Doch ist die Mutter fort,
So singt die Parze murmelnd ein dunkles Wort:

»Jetzt liegst du, Kindlein, noch in der Traumesruh.
Bald, kleine Claudia, spinnest am Rocken du –
Du wachsest rasch und entwächst den Kleidlein bald!
Du wachsest schlank! Du wirst eine Wohlgestalt!

Die Fackel lodert und wirft einen grellen Schein,
Sie kleiden dich mit dem Hochzeitsschleier ein!
Die Knaben hüpfen empor am Festgelag
Und scherzen ausgelassen zum ernsten Tag.

Eine Herrin wandelt in ihrem eignen Raum,
Und ihre Mägd und die Sklaven atmen kaum.
Ihr ziemt, daß all die Hände geflügelt sind.
Ihr ziemt, daß all die Lippen gezügelt sind.

Die blühenden Horen schwingen im Reigen sich:
Dir ward ein Knabe, Julier, freue dich!
Doch wann die Freude schwebt und die Flöte schallt,
Dann – sagt die Parze – kommt der Jammer bald.

Der Tiber flutet und überschwemmt den Strand,
Das bleiche Fieber steigt empor ans Land,
Der Rufer ruft und kündet von Haus zu Haus:
›Vernehmt! Den Julier tragen sie heut hinaus!‹

Jetzt, kleine Claudia, trägst du unträglich Leid!
In strenge Falten legst du dein Witwenkleid –
Dein Römerknabe springt dir behend vom Schoß
Und grüßt dich helmumflattert herab vom Roß ...

Die Tuben blasen Schlacht und sie blasen Sieg ...
Da naht's. Da kommt's, was empor die Stufen stieg:
Vier Männer und die Bahre, Claudia, sind's
Mit der bekränzten Leiche deines Kinds!

Jetzt, kleine Claudia, bist du zu Tode wund« –
Das Kindlein lächelt. Es klirrt ein Schlüsselbund.

Die Mutter tritt besorgt in die Kammer ein
Und die Parze bleicht im goldenen Morgenschein.

Der Ritt in den Tod

»Greif aus, du mein junges, mein feuriges Tier!
Noch einmal verwachs ich zentaurisch mit dir!

Umschmettert mich, Tuben! Erhebet den Ton!
Den Latiner besiegte des Manlius Sohn!

Voran die Trophän! Der latinische Speer!
Der eroberte Helm! Die erbeutete Wehr!

Duell ist bei Strafe des Beiles verpönt ...
Doch er liegt, der die römische Wölfin gehöhnt!

Liktoren, erfüllet des Vaters Gebot!
Ich besitze den Kranz und verdiene den Tod –

Bevor es sich rollend im Sande bestaubt,
Erheb ich in ewigem Jubel das Haupt!«

Das Joch am Leman

»Die einen liegen tot mit ihren Wunden,
Die andern treiben wir daher gebunden –
Den Römeraar der Zwillingslegion,
Im Männerkampf, im Roßgestampf entrissen
Der eingegarnten Wölfin scharfen Bissen,
  Schwingt Divico, der Berge Sohn!«

Weit blaut die Seeflut. Scheltend jagen Treiber
Am Ufer einen Haufen Menschenleiber,
Die nackte Schmach umjauchzt Triumphgesang,
Ein Jüngling kreist auf einem falben Pferde
Um die zu zwein gepaarte Römerherde
  Die Krümmen des Gestads entlang.

Er schleudert auf den Aar mit stolzem Schreie,
Er schickt den Ruf empor zur Firnenreihe –
Die Grät und Wände blicken groß und bleich –
»Hebt, Ahnen, euch vom Silbersitz, zu schauen
Die Pforte, die wir für den Räuber bauen,
  Der sich verstieg in euer Reich!

Wir bauen nicht mit Mörtel noch mit Steinen,
Zwei Speere pflanzt! Querüber bindet einen!
Zwei Römerköpfe drauf! Es ist getan!« –
Das Joch umstehn verwogne Kriegsgesellen
Mit Auerhörnern und mit Bärenfellen
  Und schauen sich das Bauwerk an.

Die Hörner dröhnen. Zu der blut'gen Pforte
Strömt her das Volk aus jedem Tal und Orte,
Groß wundert sich am Joch die Kinderschar,
Ein Mädelreigen springt in heller Freude
Um das von Schande triefende Gebäude,
  Den blühnden Veilchenkranz im Haar.

Der Manlierstirn verzogne Brauen grollen,
Des Claudierkopfs erhitzte Augen rollen –
Der Hirtenknabe geißelt wie ein Rind
Den Brutusenkel. Sich durchs Joch zu bücken,
Krümmt jetzt das erste Römerpaar den Rücken
  Und gellend lacht das Alpenkind.

Mit starren Zügen blickt, als ob er spotte,
Ein Felsenblock, der eigen ist dem Gotte,

Drauf hoch des Landes Priesterinnen stehn:
Ein hell Geschöpf in sonnenlichten Flechten
Und eine Drude mit geballter Rechten
Und rabenschwarzer Haare Wehn.

Die Dunkle höhnt: »Geht, Römer! Schneidet Stecken!
Mit Lumpen gürtet euch und Bettelsäcken!
Euch peitsch' ein wildes Wetter durch die Schlucht!
Verflucht der Steg, darüber ihr gekommen,
Und wen ihr euch zum Führer habt genommen,
Er sei am ganzen Leib verflucht!«

Die Lichte fleht: »Du blitzest in den Lüften,
Umschwebst die Spitzen, nistest in den Klüften!
Behüte, Geist der Firn, uns lange noch!«
Die beiden singen starke Zauberlieder –
Ein Geier hangt im Blau und stößt danieder,
Und setzt sich schreiend auf das Joch.

Das Geisterroß

Durch den dreigeteilten Bogen,
Des Triumphes prangend Tor,
Durch die lauten Menschenwogen
Dort zum Kapitol empor
Lenkt den Tanz der weißen Pferde
Cäsars lässige Gebärde.

Hinter des Triumphes Wagen
Duldend oder grollend gehn
Überwundne. Ketten tragen
Cäsars lebende Trophän.
»Dieser!« höhnt es im Gedränge,
»Dieser Trotzge!« zischt die Menge.

Unberührt vom Hohn der Stunde,
Starren, traumgefüllten Blicks,
Geht, ein Singen auf dem Munde,
Ruhig Vercingetorix –
Fremde Weise, fremde Worte,
Mit dem Geist an fremdem Orte:

»Cäsar, blendend weiße Rosse
Hat Hispanien dir gebracht!
Ellid, edler Ahnen Sprosse,
Dunkel ist er wie die Nacht –
Deine Schimmel, deine viere,
Tauscht' ich nicht mit meinem Tiere ...

Ellid heißt der wackre Jager
Stark von Wuchs und fest im Bug,
Welcher mich ins Römerlager
Mit gewaltgen Sprüngen trug ...
Der zum Opfer ich gegeben
Mich für meines Volkes Leben!

Dreimal flog ich um im Kreise,
In der Faust des Schwertes Blitz,
Noch im Lauf, nach Gallier Weise,
Sprang ich ab vor Cäsars Sitz ...
Schwarzer Ellid, zu den Toten
Send ich dich als meinen Boten!

Wie er mir ins Antlitz schnaubte,
Stieß ich, Blick versenkt in Blick,
Hinter seinem mächtgen Haupte
Stracks das Schwert ihm durchs Genick ...
Daß mir eines Rosses Ehre
Mangle nicht im Geisterheere.

Ellid sprengt seit langen Jahren
Mitten in der bleichen Jagd,

Wann daheim die Toten fahren
Durch die Wälder, bis es tagt ...
Sehn sie meinen led'gen Renner,
Wundern sich die stillen Männer ...

Lange Jahre lag gebunden
Ich in feuchter Kerkergruft –
Kettenschwere, dumpfe Stunden –
Endlich wieder Tag und Luft –
Ellid, schwarzer Ellid, spute
Dich! Du witterst, wo ich blute!

Heute endlich! Endlich heute!
Wann der Kahle schwelgt am Mahl,
Würgt er seine Siegesbeute
Mit dem letzten müden Strahl ...
Wann die Sonne niedergleitet,
Wird mir Block und Beil bereitet.

Henker, nimm das Beil zu Händen!
Nicht das Beil? ... So nimm den Strang!
Droßle mich! Nur enden, enden!
Letzte Schmach! Sie währt nicht lang ...
Ellids kurzes Hufgestampfe
Dröhnt in meinem Todeskampfe!

Sterbend pack ich Ellids Haare,
Ein Befreiter spring ich auf,
Fahre, schwarzer Ellid, fahre!
Nach der Heimat nimm den Lauf!
Wogen tosen! Rhodans Stimme!
In den Strom, mein Tier, und schwimme!«

Cäsars Schimmel blähn die Nüstern.
»Ave Triumphator!« schallt.
Des Gebundnen Lippen flüstern:
»In der Heimat bin ich bald!

Ellid mit gestrecktem Jagen
Wird mich nach der Heimat tragen!«

Das verlorene Schwert

Der Gallier letzte Burg und Stadt erlag
Nach einem letzten durchgekämpften Tag
Und Julius Cäsar tritt in ihren Hain,
In ihren stillen Göttertempel ein.
Die Weihgeschenke sieht gehäuft er dort,
Von Gold und Silber manchen lichten Hort
Und edeln Raub. Doch über Hort und Schatz
Hangt ein erbeutet Schwert am Ehrenplatz.
Es ist die Römerklinge kurz und schlicht –
Des Juliers scharfer Blick verläßt sie nicht,
Er haftet auf der Waffe wie gebannt,
Sie deucht dem Sieger wunderlich bekannt!
Mit einem Lächeln deutet er empor:
»Ein armer Fechter, der sein Schwert verlor!«
Da ruft ein junger Gallier aufgebracht:
»Du selbst verlorest's im Gedräng der Schlacht!«
Mit zornger Faust ergreift's ein Legionar –
»Nein, tapfrer Strabo, laß es dem Altar!
Verloren ging's in steilem Siegeslauf
Und heißem Ringen. Götter hoben's auf.«

Das Heiligtum

Waldnacht. Urmächtge Eichen, unter die
Des Blitzes greller Strahl geleuchtet nie!
Dämmernde Wölbung, Ast in Ast verwebt,
Von keines Vogels Lustgeschrei belebt!
Ein brütend Schweigen, nie vom Sturm gestört,

Ein heilig Dunkel, das dem Gott gehört,
Darin, umblinkt von Schädel und Gebein,
Sich ungewiß erhebt ein Opferstein ...
Es rauscht. Es raschelt. Schritte durch den Wald!
Das kurze römische Kommando schallt.
Geleucht von Helmen! Eine reis'ge Schar!
Vorauf ein Gallier und ein Legionar:
»Die Stämme können dienen. Beil in Schwung!
Cäsar braucht Widder zur Belagerung!«*
Erbleichend spricht der Gallier ein Gebet,
Den Römer selbst ergreift die Majestät
Des Orts, doch hebt gehorchend er die Axt –
Der Gallier flüstert: »Weißt du, was du wagst?
Die Stämme – diese Riesen – sind gefeit,
Hier wohnt ein mächtger Gott seit alter Zeit,
In dessen Nähe nur der Priester tritt,
Ein totenblasses Opfer schleppt er mit.
Versehrtest nur ein Blatt du freventlich,
Stracks kehrte sich die Waffe wider dich!« ...
Die heilgen Eichen drohen Baum an Baum,
Die Römer lauschen bang und atmen kaum,
Schwer, schwerer wird der Hand des Beiles Wucht
Und ihr entsinkt's. Sie stürzen auf die Flucht.
»Steht!« und sie stehn. Denn es ist Cäsars Ruf,
Der ihre Seelen sich zu Willen schuf!
Er ist bei seiner Schar. Er deutet hin
Auf eine Eiche. Sie umschlingen ihn,
Sie decken ihn wie im Gedräng der Schlacht,
Sie flehn. Er ringt. Er hat sich losgemacht,
Er schreitet vor. Sie folgen. Er ergreift
Ein Beil, hebt's, führt den Schlag, der saust und pfeift ...
Sank er verwundet von dem frevlen Beil?
Er lächelt: »Schauet, Kinder, ich bin heil!«
Erstaunen! Jubel! Hohngelächter! Spott!
Soldatenwitz: »Verendet hat der Gott!«

* Von Massilia.

Die Rinde fliegt! Des Stammes Stärke kracht!
Von Laub zu dunklerm Laube flieht die Nacht.
Die Beile tun ihr Werk. Die Wölbung bricht,
Und Riesentrümmer überströmt das Licht.

Die wunderbare Rede

Auf der Appierstraße zieht ein Heer
Schnellen Schrittes, weit umwölkt von Staub.
Weiß am Horizont das Häusermeer –
»Rom ist morgen euer!« zeigt Sever.
»Flieget, Adler! Stoßt auf euren Raub!«

Morgen? Rom sorgt sich um morgen nicht.
»Die Gladiatoren spielen heut!«
Weiber schmücken sich. Orestes ficht!
Manch unheimlich brennend Augenlicht
Blitzt im Spiegel, den die Sklavin beut.

Sänften hasten zum Theater schon,
Von Gewitterwolken überjagt,
Schwüle Blicke, die wie Fackeln lohn!
Ungeduldig finstre Brauen drohn:
»Eilet, Sklaven!« Spiel ist angesagt!

Über Dach und Zinne ragt empor
Himmelhoch ein riesenstarker Bau,
Der ein Volk empfängt durch manches Tor.
Hinter seinem Mauerkranz hervor
Steigt es schwarz und schwärzer auf im Blau.

Drinnen drängen sie sich Sitz an Sitz,
Jede Stufe strotzt und wogt und schwillt.
Auf der Bühne züngeln hell und spitz
Kurze Schwerter. Schimmernd flirrt ein Blitz
Und ein erster Sprudel Blutes quillt.

Starren Blickes, blaß vor Leidenschaft,
Lauert vorgeneigt die Römerin
Auf die Sterbewunde – Eine gafft
Lüstern. Eine sinnt dämonenhaft.
Eine lauscht mit hartem Mördersinn.

An der rasch gedrehten Klingen Spiel
Haften Seelen gierig, ohne Zahl –
Traf der Stoß? Er saß. Ein Fechter fiel,
Wälzt sich um im Sand und ist am Ziel
Nach der kurz empfundnen Sterbequal.

Mark und Herz erschütternd gellt ein Schrei!
Dort auf dem Balkon ein Weib im Traum!
Um die Schultern wehn die Haare frei
Und als ob sie die Sibylle sei,
Ruft sie ehern durch den vollen Raum:

»Wehe morgen! Fechter, du bist tot!
Gute Fahrt! Dir tun sie nichts zu leid!
Morgen wehe! Horch! Die Tuba droht!
Eine weite Flamme weht und loht!
Wehe! Sie zerreißen mir das Kleid!«

In das Morgen blickt sie voller Graun,
Schaudernd wie vor Blutes tiefem Strom,
Denn ihr Auge kann das Künftge schaun –
Es ist keine von den irdschen Fraun!
Es ist Rom! Es ist die Göttin Rom!

Vor dem Volk auf hoher Stufe ragt
Rom die Herrin in versteintem Schmerz,
Rom, vor welcher einst die Welt gezagt,
Jetzt die wunde, die geschlagne Magd!
Leid und Mitleid füllen jedes Herz.

Durch die Menge geht ein Flüstern leis,
Eine Rede schwirrt und irrt und rauscht,

Flutet höher, höher stufenweis,
Braust wie Meeresbrandung, füllt den Kreis,
Jeder spricht sie mit und jeder lauscht:

»Schande! Brandmal! Striemen! Sklavenjoch!
Wehe! Sie zerreißen dir das Kleid!
Ach wie lange noch, wie lange noch?
Stürbest, Göttin Roma, stürbst du doch!
Aber du bist voll Unsterblichkeit!«

In einer Sturmnacht

Es fährt der Wind gewaltig durch die Nacht,
In seine gellen Pfeifen bläst der Föhn,
Prophetisch kämpft am Himmel eine Schlacht
Und überschreit ein wimmernd Sterbgestöhn.

Was jetzt dämonenhaft in Lüften zieht,
Eh das Jahrhundert schließt, erfüllt's die Zeit –
In Sturmespausen klingt das Friedelied
Aus einer fernen, fernen Seligkeit.

Die Ampel, die in leichten Ketten hangt,
Hellt meiner Kammer weite Dämmerung,
Und wann die Decke bebt, die Diele bangt,
Bewegt sie sich gemach in sachtem Schwung.

Mir redet diese Flamme wunderbar
Von einer windbewegten Ampel Licht,
Die einst geglommen für ein nächtlich Paar,
Ein greises und ein göttlich Angesicht.

Es sprach der Friedestifter, den du weißt,
In einer solchen wilden Nacht wie heut:
»Hörst, Nikodeme, du den Schöpfer Geist,
Der mächtig weht und seine Welt erneut?«

Alle

Es sprach der Geist: Sieh auf! Es war im Traume.
Ich hob den Blick. In lichtem Wolkenraume
Sah ich den Herrn das Brot den Zwölfen brechen
Und ahnungsvolle Liebesworte sprechen.
Weit über ihre Häupter lud die Erde
Er ein mit allumarmender Gebärde.

Es sprach der Geist: Sieh auf! Ein Linnen schweben
Sah ich und vielen schon das Mahl gegeben,
Da breiteten sich unter tausend Händen
Die Tische, doch verdämmerten die Enden
In grauen Nebel, drin auf bleichen Stufen
Kummergestalten saßen ungerufen.

Es sprach der Geist: Sieh auf! Die Luft umblaute
Ein unermeßlich Mahl, soweit ich schaute,
Da sprangen reich die Brunnen auf des Lebens,
Da streckte keine Schale sich vergebens,
Da lag das ganze Volk auf vollen Garben,
Kein Platz war leer und keiner durfte darben.

VII

Frech und fromm

Friede auf Erden!

Da die Hirten ihre Herde
Ließen und des Engels Worte
Trugen durch die niedre Pforte
Zu der Mutter und dem Kind,
Fuhr das himmlische Gesind
Fort im Sternenraum zu singen,
Fuhr der Himmel fort zu klingen:
»Friede, Friede! auf der Erde!«

Seit die Engel so geraten,
O wie viele blut'ge Taten
Hat der Streit auf wildem Pferde,
Der geharnischte, vollbracht!
In wie mancher heilgen Nacht
Sang der Chor der Geister zagend,
Dringlich flehend, leis verklagend:
»Friede, Friede ... auf der Erde!«

Doch es ist ein ewger Glaube,
Daß der Schwache nicht zum Raube
Jeder frechen Mordgebärde
Werde fallen allezeit:
Etwas wie Gerechtigkeit
Webt und wirkt in Mord und Grauen
Und ein Reich will sich erbauen,
Das den Frieden sucht der Erde.

Mählich wird es sich gestalten,
Seines heilgen Amtes walten,
Waffen schmieden ohne Fährde,

Flammenschwerter für das Recht,
Und ein königlich Geschlecht
Wird erblühn mit starken Söhnen,
Dessen helle Tuben dröhnen:
Friede, Friede auf der Erde!

König Etzels Schwert

Der Kaiser spricht zu Ritter Hug:
»Du hast für mich dein Schwert verspellt,
Des Eisens ist bei mir genug,
Geh, wähl dir eins, das dir gefällt!«

Hug schreitet durch den Waffensaal,
Wo stets der graue Schaffner sitzt.
»Der Kaiser gibt mir freie Wahl
Aus allem, was da hangt und blitzt!«

Er prüft und wägt. Von ihrem Ort
Langt er die Schwerter mannigfalt –
»Sprich, wessen ist das große dort,
Gewaltig, heidnisch, ungestalt?«

»Des Würgers Etzel!« flüstert scheu
Der Graue, der es hält in Hut.
»Des Hunnenkönigs! Meiner Treu,
So lechzt und dürstet es nach Blut!«

»Laß ruhn. Es hat genug gewürgt!
Die tote Wut erwecke nicht!«
»Gib her! Dem ist der Sieg verbürgt,
Der mit dem Schwert des Hunnen ficht!«

Und wieder sprengt er in den Kampf.
»Du hast dich lange nicht geletzt,

Schwert Etzels, an des Blutes Dampf!
Drum freue dich und trinke jetzt!«

Er schwingt es weit, er mäht und mäht
Und Etzels Schwert, es schwelgt und trinkt,
Bis müd die Sonne niedergeht
Und hinter rote Wolken sinkt.

Als längst er schon im Mondlicht braust,
Wird ihm der Arm vom Schlagen matt.
Er frägt das Schwert in seiner Faust:
»Schwert Etzels, bist noch nicht du satt?

Laß ab! Heut ist genug getan!«
Doch weh, es weiß von keiner Rast,
Es hebt ein neues Morden an
Und trifft und frißt, was es erfaßt.

»Laß ab!« Es zuckt in grauser Lust,
Der Ritter stürzt mit seinem Pferd
Und jubelnd sticht ihn durch die Brust
Des Hunnen unersättlich Schwert.

Galaswinte

Im Saale jubelt Hochzeit –
Die Arme vor dem Busen
Kreuzt Fredegund in Demut,
Des Königs listge Buhlin:
»Ich bin die Magd und leuchte
Dem Bräutchen auf die Kammer!«
Die Alabasterampel
Mit römischen Skulpturen,
Die schwebend einst geschimmert
In stillem Grabesdunkel,

Trägt Fredegund in Demut
Und hellt die Hochzeitskammer,
Sie setzt die Ampel nieder
Und geht und lächelt tückisch.
Die zarte Galaswinte
Blickt in die wehnde Flamme,
Die Flamme loht und flackert,
Die Ampel springt in Scherben,
Die Fürstin weint im Dunkel:
»Die mich gebracht aus Spanien,
Dein Kind dem Frankenkönig,
Jetzt drehst du auf dem Rosse
Im Schein der Wanderfackel
Noch einmal dich und breitest
Nach mir die Arme, Mutter!«

Bettlerballade

Prinz Bertarit bewirtet Veronas Bettlerschaft
Mit Weizenbrot und Kuchen und edlem Traubensaft.
Gebeten ist ein jeder, der sich mit Lumpen deckt,
Der, heischend auf den Brücken der Etsch, die Rechte reckt.

Auf edlen Marmorsesseln im Saale thronen sie,
Durch Riss' und Löcher gucken Ellbogen, Zeh und Knie.
Nicht nach Geburt und Würden, sie sitzen grell gemischt,
Jetzt werden noch die Hasen und Hühner aufgetischt.

Der tastet nach dem Becher. Er durstet und ist blind.
Den Krüppel ohne Arme bedient ein frommes Kind.
Ein reizend stumpfes Näschen geckt unter struppschem Schopf,
Mit wildem Mosesbarte prahlt ein Charakterkopf.

Die Herzen sind gesättigt. Beginne, Musica!
Ein Dudelsack, ein Hackbrett und Geig und Harf ist da –

Der Prinz, noch schier ein Knabe, wie Gottes Engel schön,
Erhebt den vollen Becher und singt durch das Getön:

»Mit frisch gepflückten Rosen bekrön ich mir das Haupt,
Des Reiches ehrne Krone hat mir der Ohm geraubt.
Er ließ mir Tag und Sonne! Mein übrig Gut ist klein!
So will ich mit den Armen als Armer fröhlich sein!«

Ein Bettler stürzt ins Zimmer. »Grumell, wo kommst du her?«
Der Schreckensbleiche stammelt: »Ich lauscht' von ungefähr,
Gebettet an der Hofburg – Dein Ohm schickt Mörder aus,
Nimm meinen braunen Mantel!« Erzschritt umdröhnt das Haus.

»Drück in die Stirn den Hut dir! Er schattet tief! Geschwind!
Da hast du meinen Stecken! Entspring, geliebtes Kind!«
Die Mörder nahen klirrend. Ein Bettler schleicht davon.
»Wer bist du? Zeig das Antlitz!« Gehobne Dolche drohn.

»Laß ihn! Es ist Grumello! Ich kenn das Loch im Hut!
Ich kenn den Riß im Ärmel! Wir opfern edler Blut!«
Sie spähen durch die Hallen und suchen Bertarit,
Der unter dunkelm Mantel dem dunkeln Tod entflieht.

Er fuhr in fremde Länder und ward darob zum Mann.
Er kehrte heim gepanzert. Den Ohm erschlug er dann.
Verona nahm er stürmend in rotem Feuerschein.
Am Abend lud der König Veronas Bettler ein.

Die Söhne Haruns

Harun sprach zu seinen Kindern Assur, Assad, Scheherban:
»Söhne, werdet ihr vollenden, was ich kühnen Muts begann?

Seit ich Bagdads Thron bestiegen, bin von Feinden ich
umgeben!
Wie befestigt ihr die Herrschaft? Wie verteidigt ihr mein
Leben?«

Assur ruft, der feurig schlanke: »Schleunig werb ich dir ein
Heer,
Zimmre Masten, webe Segel! Ich bevölkre dir das Meer!
Rosse schul ich. Säbel schmied ich. Ich erbaue dir Kastelle.
Dir gehören Stadt und Wüste! Dir gehorchen Strand und
Welle!«

Assad mit der schlauen Miene sinnt und äußert sich
bedächtig:
»Sicher schaff ich deinen Schlummer, Sorgen machen
übernächtig.
Daß du dich des Lebens freuest, bleibe, Vater, meine
Sache!
Über jedem deiner Schritte halten hundert Augen Wache!

Wirte, Kuppler und Barbiere, jedem setz ich einen Sold,
Daß sie alle mir berichten, *wer* dich liebt und *wer* dir
grollt.«
Harun lächelt. Zu dem Jüngsten, seinem Liebling, sagt er:
»Ruhst du?
Wie beschämst du deine Brüder? Zarter Scheherban, was
tust du?«

»Vater«, redet jetzt der Jüngste keusch errötend, »es ist gut,
Daß ein Tropfen rinne nieder warm ins Volk aus deinem
Blut!
Über ungezählte Lose bist allmächtig du auf Erden,
Das ist Raub an deinen Brüdern – und du wirst gerichtet
werden!

Dein erhaben Los zu sühnen, das sich türmt den Blitzen zu,
Laß mich in des Lebens dunkle Tiefe niedertauchen du!

Such mich nicht! Ich ging verloren! Sende weder Kleid noch Spende!
Wie der Ärmste will ich leben von der Arbeit meiner Hände!

Mit dem Hammer, mit der Kelle laß mich, Herr, ein Maurer sein!
Selber maur' ich mich in deines Glückes Grund und Boden ein!
Jedem Hause wird ein Zauber, daß es unzerstörlich dauert,
Etwas Liebes und Lebendges in den Grundstein eingemauert!

Hörest du die Straße rauschen unter deinem Marmorschloß?
Morgen bin ich dieser Menge namenloser Tischgenoß –
Blickst du nieder auf die vielen Unbekannten, die dir dienen,
Einer segnet dich vom Morgen bis zum Abend unter ihnen!«

Der Berg der Seligkeiten

Ein Bergesrücken stillbesonnt,
Allum der duftge Horizont –
Hier saß der Christ und rings im Kreis
Die Galiläer stufenweis
Gelagert auf den steilen Triften –
Der Meister lobt' der Lilie Kleid,
Hieß göttlich Werk das Friedestiften
Und rühmte die Barmherzigkeit.
Er ließ die Segensschwingen breiten
All seines Reiches Seligkeiten.
Dann ist er sacht hinabgegangen . . .
Und hat am Kreuzesstamm gehangen.

Am Berg der Seligkeiten irrten
Der Hirtin Stapfen und des Hirten.

Wie Wolken still, wie Stürme brausend
Zog dran vorüber ein Jahrtausend.
Die Lilie blieb des Lobes froh,
Sie kleide sich wie Salomo,
Die Luft, drin nie das Erz erscholl,
Ist noch von Friedeworten voll.

Drommetenstoß! Jach klimmt empor
Ein Heer, das Schlacht und Raum verlor.
Kreuzritter sind's, von Saladin
Versprengt, die wild zur Höhe fliehn,
Heiß unter ihren Schritten her
Entflammt den dürren Rasen er,
In schwarzen Wolken wallt der Qualm.
Schlachtrosse schnauben auf der Alm.
Scharf pfeifen Sarazenenpfeile
Durch dieses Fluchtgedränges Eile.
Fort! Ein verfärbter Purpur weht,
Ein junger König wankt entkräftet,
Doch dieses Reiches Majestät
Ist König Christ, ans Kreuz geheftet.
Drum tragen sie das Kreuz voran,
Der Welterbarmer schwebte dran,
Das bittre Kreuz, davon herab
Er seines Mordes Schuld vergab.
Sie wuschen's dann mit roten Bächen,
Um des Erbarmers Tod zu rächen ...
Das Wüten, Morden, Bluten, Streiten
Ersteigt den Berg der Seligkeiten.
Erklommen ist der Gipfel jetzt
Und hinter ihm erbraust das Meer.
Der Kurdenschleuder ausgesetzt,
Steht auf dem Kulm das Christenheer.

Drommetenstoß! »Der Heiland lebt!
Christus regiert!« Der Berg erbebt.
»Hilf, König, der gekreuzigt wurde!«

»Zielt auf das Kreuz!« befiehlt der Kurde.
»Wie blöde Falter um die Flamme,
So flattern sie am Kreuzesstamme!«
Es saust. Steilnieder zu der Bucht
Stürzt Roß und Reiter in die Schlucht.
Das Kreuz, mit Glut und brünstger Hast
Umfängt's ein Mönch und hält's umfaßt:
»Hörst, König, du der Heiden Spott?
Vernichte sie, verhöhnter Gott!
In heller Rüstung komm gefahren
Mit deines Vaters Engelscharen!
Lebst du, regierst du, Christę, nicht?«
Kein Engelschwert erblitzt im Licht.
Die Luft verfinstert Pfeilgesaus –
»Komm!« schreit der Mönch und atmet aus.

Des Himmels innigtiefer Schein
Umfaßt ein menschenleer Gestein.
Vom Schwert erkämpft, vom Schwert zerstört,
Dies Reich hat nicht dem Christ gehört.

Die Gaukler

Am Strande des gelobten Lands
In glühem Stich des Sonnenbrands
Kämpft Ludowig der Fromme;
Er trägt in sich des Todes Keim,
Ihm ahnt es, daß er nimmer heim
Ins schöne Frankreich komme.

Scheu lauscht in Zeltes Dämmerschein
Ein junger Edelknecht herein
Und hinter ihm die andern:
»Herr König, es sind Gaukler da,

Drei Brüder aus Armenia,
Die nach dem Grabe wandern.

Es heißt, sie spielen wunderschön!
Erlaubt ein frisches Horngetön
Uns allen anzuhören!«
Der König seufzt: »Betrug der Welt!
Bringt mir die Gaukler in das Zelt,
Daß sie euch nicht betören!«

Jetzt heben an den Mund die drei
Das Horn und spielen frank und frei,
Als ging' es aus zum Jagen.
Dann wie ein Quell im Walde quillt,
So rieselt sanft und wächst und schwillt
Ein Jubeln und ein Klagen.

Gemach vertönt der Hörner Schall,
Laut ruft Renaud von Reineval:
»Du Herzenstrost der Minne!
Lucinden, die sich um mich kränkt,
In Treuen ihres Pilgers denkt,
Sah ich auf stiller Zinne!«

»Ich schaute«, fällt Jung Walter ein,
»In meinem Teich den Wiederschein
Von Eichen kühl und düster,
Ich sah mein Boot, der Ruder bar,
Das halb ans Land gezogen war,
Umneigt von Schilfgeflüster!«

Ein jeder hat im Horneslaut
Sein Herz belauscht, sein Lieb geschaut,
Sein Minnen und sein Sehnen.
»Herr König, sagt, was sinnet Ihr?
Was sehnet Ihr? Was minnet Ihr?
Was rinnen Euch die Tränen?«

Herr Ludwig flüstert: »Sel'ger Traum!
Mich hoben durch den Himmelsraum
Angelische Gestalten.
›Getreuer Knecht, willkomm!‹ erscholl
Ein Ruf – ich konnte wonnevoll
Die Tränen nicht verhalten.«

Thibaut von Champagne

»Heim bin ich aus dem Morgenland an Seel und Leib gesund,
Mich durstet' in der Wüste Sand nach Euerm frischen Mund,
Ihr bliebet mir ein treues Weib, da steht mein Glaube fest,
Drum bring ich Euch das Schönste mit, was sich bescheren läßt!«

Die Gräfin wandelt auf und ab in einem sachten Schritt.
Sie las den Brief und las den Brief. Was bringt der Graf mir mit?
Ist's wohl ein Span vom echten Kreuz? Den küßt' ich voller Scheu!
Ist's in den Zwinger ein Getier? Ein Pardel oder Leu?

Ist's dünnen Schleiers Spinneweb, das Werk der Feienhand?
Ein Perserteppich, wie der Fuß noch keinen weichern fand?
Ist's denn ein lichter Edelstein? Ist's ein Geschirr von Gold,
Daraus sich feiner Rauch empor in blauen Wölklein rollt?

Der Türmer ruft. Das Tor erfüllt der freudge Pilgerzug:
Barhaupt der Graf in seinem Helm wohl hundert Rosen trug,
Auf manchem Wagen schwankte dann manch tönernes Geschirr,
Darüber blüht' ein Rosenhain in würzigem Gewirr.

Der Gräfin Näschen sog den Duft, das Mündchen zeigt' Verdruß,
Dann lächelt's zu dem leichten Hort und bietet sich dem Kuß –
»Wie selig bin ich, liebe Frau, daß Euch der Flor gefällt!
Die Rosen von Damaskus sind die vollsten auf der Welt!

In hundert Kübeln schleppten wir den Rosenwald an Bord,
Er wär' mir in der Sonnenglut verdorben und verdorrt,
Neun Tage stürzte Regenguß, der schier das Schiff versenkt –
Ich dachte nur, ich lachte nur: Wie *der* die Rosen tränkt!

Entpanzert, Knappen, mir die Brust, noch bin ich erzumschient!
Ich habe meinen Himmel hier und einen dort verdient!
Mit Rosen will ich drum zu Tisch, mit Rosen schlummern gehn,
Mit Rosen steigen in die Gruft, mit Rosen auferstehn!«

Der Pilger und die Sarazenin

Jüngst am Libanon in einem Kloster,
Drin ich eine kurze Reiserast hielt,
Langsam durch die kühlen Hallen wandelnd,
Blieb ich stehn vor einem alten Bilde,
Wohlbewahrt in eigener Kapelle.
Es berührte mich mit leisem Zauber
Trotz der byzantinischen Gestalten,
Denn darüber lag ein Glanz der Liebe:
Durch das Tor des Paradieses schritten
Eine Sarazenin und ein Pilger,
Hand in Hand versenkt und Blick in Blick auch.
»Was bedeutet dieses süße Märchen?«

Frug ich Anaklet, den Klosterbruder,
Der mich schleichend überall begleitet.
Mit gesenkten Augen gab er Antwort:
»Guter Herr, kein süßes Märchen ist es,
Sondern eine tröstliche Legende,
Auf ein altes Pergament verzeichnet
Zur Erbauung aller gläubgen Christen.
Dieser Pilger ist ein heilger Märtrer,
Eine Märtrin ist die Sarazenin,
Er verschied, gesteinigt und gepeinigt,
Sie verblich, umarmend eine Schwelle!«
Märchenlustig bin ich wie Scheherban,
Wie die plaudernde Scheherezade!
Und ich bat den Mönch: »Erzähle, Vater,
Deinem Sohn die tröstliche Legende.«
Bruder Anaklet willfahrte, sprechend:

»Einst, vor ungezählten vielen Jahren –
Also steht's im Pergament verzeichnet,
Das ich gründlich lernte schon als Knabe –
Zogen Pilger nach dem Grab vorüber
Ohne Rast und ohne Trunk und Speise
Scheuen Fußes an der Stadt Damaskus,
Denn verhaßt ist Christus in Damaskus!
Vor der Stadt Damaskus rauscht ein Brunnen,
Wo ein Löwenkopf aus seines Maules
Tief herabgezognen Winkeln sprudelt
Ein begehrtes, köstlich kühles Wasser.
Dort am Brunnen stand die Sarazenin.

Schleierlos, die jungen warmen Augen
Fünfzehnjährig oder sechzehnjährig,
Stand am Brunnen eine Sarazenin,
Die den schlanken Krug gelassen füllte.
Alle Pilger zogen ihr vorüber
Mit gesenktem Haupte niederblickend,
Denn die Moslemweiber treiben Künste.

(Aber überwunden hat sie Christus!)
Nur ein zarter Jüngling, fast ein Knabe
Noch, entwich der Pilgerreihe durstig,
Nahte sich der jungen Sarazenin
Flehend, forderte von ihr zu trinken.
Langsam senkte sie den Krug. Er schlürfte.
Langsam hob den Krug zu Haupt sie wieder,
Heimwärts wandelnd. Vor des Tores Wölbung
Wandte sie das Haupt mitsamt dem Kruge,
Schritte fühlend hinter ihren Sohlen:
›Pilger, hüte dich vor diesem Tore!
Denn es würde dir zum Tor des Todes!
Meine dunkeln Augen sind verderblich
Und verhaßt ist Christus in Damaskus!‹

Und sie wandelt durch des Tores Wölbung,
Und sie wandelt durch die dunkeln Gassen,
Schritte fühlend hinter ihren Sohlen.
Ihre Türe öffnet sie und schließt sie,
Und empor zum innern Söller steigend
Sieht sie mit den Sinnen ihres Geistes
Einen Pilger liegen auf der Schwelle,
Auf der Schwelle vor des Hauses Pforte.

In der ersten Morgenhelle stand sie
Vor dem Pilger, heftig ihn zu schelten:
›Pilger, hebe dich von dieser Schwelle,
Die zur Schwelle würde dir des Todes!
Will nicht schuldig sein an deinem Tode!
Meine dunkeln Augen sind verderblich!
Alle schlügen heute dich mit Stäben,
Alle würfen heute dich mit Steinen,
Und du lägest tot in deinem Blute!
Denn verhaßt ist Christus in Damaskus!
Weiche, Pilger! Heb dich, lästger Bettler!
Fremdling! Abergläubscher! Götzendiener!
Diesen Lippen einen Kuß! Entweiche!‹

Doch er weigerte sich mit dem Haupte,
Zornig wich von ihm die Sarazenin.

In der letzten Abendhelle stand sie
Vor dem Pilger, dem das Blut aus vielen
Wunden strömte, heftig ihn zu schelten:
›Weiche, Pilger! Heb dich, lästger Bettler!
Fremdling! Abergläubscher! Götzendiener!
Meine dunkeln Augen sind verderblich
Und verhaßt ist Christus in Damaskus!
Will nicht schuldig sein an deinem Tode!
Waschen will ich deine roten Striemen,
Küssen will ich deine blut'gen Wunden,
Leugnest du den bleichen Mann am Holze!‹
Doch er weigerte sich mit dem Haupte,
Weinend wich von ihm die Sarazenin,
Und empor zum innern Söller steigend
Hört sie mit den Sinnen ihres Geistes
Leise stöhnen einen Todeswunden
Auf der Schwelle vor des Hauses Pforte.
Ferne blieb der Schlummer ihren Lidern,
Endlich kam der Schlummer und ein Traum kam.

Rings empor an eines Gipfels Abhang
Klommen mit erbaulichen Gesängen
Pilger auf zum Tor des Paradieses.
Einer klomm voran, ein heilger Märtrer,
Den die andern grüßten ehrerbietig.
In des Tores Wölbung stand der Heiland:
›Tritt herein! Du hast für mich geblutet!‹
Doch der Pilger weigerte sich standhaft:
›Heiland, laß mich liegen auf der Schwelle,
Bis sie kommt, die stündlich ich erwarte!
Hand in Hand versenkt und Blick in Blick auch,
Tritt sie, mir gesellt, in deine Freude,
Keine Sarazenin, eine Christin.‹

Solches träumend, stürzten ihr die Tränen
So gewaltig, daß sie drob erwachte.
Jählings springt sie auf von ihrem Lager,
Fliegt hinab des Hauses hundert Stufen:
Leer und blutbegossen lag die Schwelle
In des ungebornen Tages Frühlicht.
Auf die harte Schwelle kniet sie nieder,
Badet sie mit unerschöpften Tränen,
Drängt den warmen Busen ihr entgegen,
Preßt sie fest, als klopft' ein Herz im Steine,
Keines klopft, doch ihres zum Zerspringen.

Als die Füße derer wiederkehrten,
Die den Toten vor das Tor getragen,
Eilten sie der Schwelle scheu vorüber,
Auf der Schwelle sahn sie eine Tote,
Auf der Schwelle lag die Sarazenin.
Keine Sarazenin, eine Christin!«
Endet' Bruder Anaklet erbaulich.

Am Himmelstor

Mir träumt', ich komm ans Himmelstor
Und finde dich, die Süße!
Du saßest bei dem Quell davor
Und wuschest dir die Füße.

Du wuschest, wuschest ohne Rast
Den blendend weißen Schimmer,
Begannst mit wunderlicher Hast
Dein Werk von neuem immer.

Ich frug: »Was badest du dich hier
Mit tränennassen Wangen?«
Du sprachst: »Weil ich im Staub mit dir,
So tief im Staub gegangen.«

Mit zwei Worten

Am Gestade Palästinas, auf und nieder, Tag um Tag,
»London?« frug die Sarazenin, wo ein Schiff vor Anker lag.
»London!« bat sie lang vergebens, nimmer müde, nimmer
zag,
Bis zuletzt an Bord sie brachte eines Bootes Ruderschlag.

Sie betrat das Deck des Seglers und ihr wurde nicht
gewehrt.
Meer und Himmel. »London?« frug sie, von der Heimat
abgekehrt,
Suchte, blickte, durch des Schiffers ausgestreckte Hand
belehrt,
Nach den Küsten, wo die Sonne sich in Abendglut
verzehrt ...

»Gilbert?« fragt die Sarazenin im Gedräng der großen
Stadt,
Und die Menge lacht und spottet, bis sie dann Erbarmen
hat.
»Tausend Gilbert gibt's in London!« Doch sie sucht und
wird nicht matt.
»Labe dich mit Trank und Speise!« Doch sie wird von
Tränen satt.

»Gilbert!« – »Nichts als Gilbert? Weißt du keine andern
Worte? Nein?«
»Gilbert!« ... »Hört, das wird der weiland Pilger Gilbert
Becket sein –
Den gebräunt in Sklavenketten glüher Wüste Sonnenschein –
Dem die Bande löste heimlich eines Emirs Töchterlein –«

»Pilgrim Gilbert Becket!« dröhnt es, braust es längs der
Themse Strand.
Sieh, da kommt er ihr entgegen, von des Volkes Mund
genannt,

Über seine Schwelle führt er, die das Ziel der Reise fand.
Liebe wandert mit zwei Worten gläubig über Meer und
Land.

Das kaiserliche Schreiben

Petrus, schreib – zu seinem Kanzler sprach's der gram-
verstörte Staufen –
Satteln sollen meine Boten, hundert Rosse sollen laufen!
Meinen Eignen, meinen Städtern, meinen Pfaffen und
Baronen!
Dem Geringsten wie dem Höchsten! allen, die das Reich
bewohnen!

Klage! Klage! Totenklage! Meinen Sohn hab ich verloren ...
Heinrich mit den finstern Locken ... den Konstanze mir
geboren* ...
Der das Reich verriet ... dem eignen Vater brach das
Lehnsversprechen ...
Den ich beugen, beugen mußte, dessen Trotz ich mußte
brechen ...

Lange brütet' er im Kerker – endlich hat er mich gerufen –
Da ich kam, flog er vorüber, flog empor die Wendelstufen –
Wieder war's, als ob verzweifelnd er vom höchsten Söller
riefe –
Da! Der Knabe springt vor meinen Augen in die
Todestiefe!

Jammeranblick ohne gleichen! Kommt, daß wir zusammen
klagen!
Helft mir meine schlimmen Träume, meine Nachtgedanken
tragen! –

* Dieser König Heinrich ist der Sohn des genialen Kaisers Friedrich II., gegen den er sich empörte. Er starb im Kerker und man sprach von Selbstmord.

Könnt' ich ihn erwecken, nimmer würd' ich aus dem Arm
ihn lassen!
Saget, ist es nicht entsetzlich, daß mein Kind mich mußte
hassen?

Petrus, zeig mir was du schreibest! Willst du mir den
Mund verhalten?
Über meine Qualen wirfst du würdevolle Purpurfalten?
Meines Knaben Schrei erstickst du? Meine Tränen sind
verboten?
Kanzler Petrus, schreibe Wahrheit über mich und meinen
Toten!

Reden will ich zu den Vätern: Sagt mir, würdet ihr nicht
einen
Knaben, der euch Not und dunkeln Kummer brachte, doch
beweinen?
Den ihr in der Wiege küßtet – ob er auch ein Arger wäre –
Wenn er ginge zu den Schatten, weigertet ihr ihm die
Zähre?

Prüfet eure Herzen, Väter! Was wir von den Kindern
dulden,
Ist es nicht gerechte Sühne, nicht das eigene Verschulden? ...
Petrus, du erschrickst? So ende! Ende mit dem kurzgefaßten
Reichsbefehl: Wir ordnen Trauer an für diesen
Frühverblaßten.

Kaiser Friedrich der Zweite

In den Armen seines Jüngsten
Phantasiert der sieche Kaiser,
An dem treuen Herzen Manfreds
Kämpft er seinen Todeskampf.

Mit den geisterhaften blauen
Augen starrt er in die Weite,
Während seine fieberheiße
Rechte preßt des Sohnes Hand:

»Manfred, lausche meinen Worten!
Drüben auf dem Marmortische
Mit den Greifen liegt mein gültig
Unterschrieben Testament.

Eine Kutte, drin zu sterben,
Schenkten mir die braven Mönche,
Daß ich meine Seele rette
Trotz dem Bann des heilgen Stuhls.

Manfred, meines Herzens Liebling,
Laß den Herold auf den Söller
Treten und der Erde melden,
Daß der Hohenstaufe schied.

Manfred mit den blonden Locken,
Sarge prächtig ein die Kutte,
Führe sie mit Schaugepränge
Nach dem Dome von Palerm!

Weißt du, Liebling, das Geheimnis?
Diese Nacht in einer Sänfte
Tragen meine Sarazenen
Sacht mich an den Strand des Meers.

Meiner harrt ein schwellend Segel:
Auf des Schiffes Deck gelagert,
Fahr entgegen ich dem Morgen
Und dem neugebornen Strahl.

Fern auf einem Vorgebirge,
Das in blaue Flut hinausragt,

Steht ein halbzertrümmert Kloster
Und ein schlanker Tempelbau.

Zwischen Kloster und Rotunde
Schlagen wir das Zelt im Freien.
Selig atm' ich Meer und Himmel,
Bis mich Schlummer übermannt.«

Konradins Knappe

»Auf diesem kurzen Bergesrasen hier,
Nur wen'ge Monde sind es, zechten wir,
Er und das Edelvolk, in hohem Raum –
Und drüben war Italien wie ein Traum.

In diesem Passe lagen wir gestreckt,
Der Staufe hat mich minniglich geneckt:
Nicht blöde, Hans! Sprich! Was begehrst du gleich?
Ich geb es dir in meinem Königreich!

Dann klomm die Fahrt an Wänden schwarz und kahl,
Wo ich der Mutter Gottes mich empfahl.
Noch eh ich Amen sagte, glitt mein Tier –
Der Staufen und die Sinne schwanden mir.

Dann lag ich im Hospize fieberbang,
Wo ich verzweifelnd mit den Mönchen rang,
Ich focht und schrie: Dem jungen Staufen nach!
Hie Napoli! bis ich zusammenbrach.

Jetzt schlepp ich jeden Tag mich hier empor,
Wo ich den Staufen aus dem Blick verlor.
Genesen ist der Leib, die Seele schmerzt,
Denn all mein Erdenglück hab ich verscherzt.

Und zög' ich heut, ich käme doch zu spät,
Schon krönte sich die junge Majestät,
Das Edelblut empfing den Ritterschlag,
Ich aber fluche meinem Unglückstag.« –

Ein Knechtlein kommt bergüber. »Gib Bescheid!
Der Staufenknabe thront in Herrlichkeit?« –
»Ja, Herr. Er litt gemach den Todesstreich
Und thront getröstet nun im Himmelreich.«

Die gezeichnete Stirne

»Weib, verrate mir, von wem gerufen
Du zur Leidgesellin dich gegeben?
Wer herunter dieses Kerkers Stufen
Dich gezogen, du mein süßes Leben?«

König Enzio, keine Menschen haben
Mich vermocht im Kerker zu verbleichen!
Nein, ein Schicksal war mit eingegraben,
Meine junge Stirne trug ein Zeichen.

Unsre Väter nahmen dich gefangen
Und wir Kinder hatten's bald erfahren,
Daß du nimmer wirst ans Licht gelangen,
König Enzio mit den Ringelhaaren!

Daß du nimmer tragen eine helle
Rüstung wirst, wo die Drommeten klingen,
Daß du nimmer rauschen Wald und Quelle
Hörst, noch einen freien Vogel singen!

Und wir Kinder lauschten sachte, sachte
Durch das Gitter in des Kerkers Tiefe,

Leis und heftig streitend, ob er wachte
Schwerbekümmert oder ob er schliefe –

Meine Stirne drückt' ich an das Eisen,
Drinnen lagst du schlummernd, wie mir deuchte,
Blickte ... blickte, war nicht wegzuweisen,
Bis der Wächter drohend mich verscheuchte.

Mütterlein ersah mich und wehklagte,
Schlug die Hände jammervoll zusammen:
»Kind, wer hat dir in die Stirne« – fragte
Sie – »gezeichnet dieses Kreuz von Flammen?«

Hieß mich dann in ihren Spiegel schauen –
Teuerwerter Herr, so wahr ich lebe,
Eingezeichnet über meinen Brauen
Waren deines Kerkers Eisenstäbe!

Außen wich das Zeichen; aber innen
Blieb's, da ich zur Maid erwuchs, geschrieben –
Herr, seit jenem Tag war all mein Sinnen,
Dich und deinen Kerker nur zu lieben.

Der Tod und Frau Laura

Es war in Avignon am Karneval,
Daß sich ein Mörder in den Reigen stahl
Und daß die Pest verlarvt sich schwang im Tanz
Mit einem schlotterichten Mummenschanz.

In einer nahen Villa täuschen sie
Die Angst mit Wohllaut und mit Phantasie,
Frau Laura war und auch Petrarca da,
Als an das Tor ein dumpfer Schlag geschah.

Die blassen Lippen schaudern vor dem Wein,
Es tritt ein Weißgewandeter herein,
Der eine Maske mit dem Sterbezug
Und einen frischgepflückten Lorbeer trug.

Der Dämon hebt den Lorbeer voller Ruh
Und sinnt und schreitet auf Petrarca zu:
»Ich grüße, Freund, und komme priesterlich,
Das ist der Sel'gen Lorbeer! Neige dich!«

Der Lorbeer schwebt. Da raubt ihn eine Hand,
Frau Laura war es, die daneben stand,
Sie schmiegt ihn um die blonden Haare leicht,
Sie steht bekränzt. Sie schaudert. Sie erbleicht.

Die Gedanken des Königs René

Der fromme Lautenschläger Herr René
Trug braune Locken – sie sind weiß wie Schnee.
An seiner Stirn verglomm der Kronen Glanz,
Da haftet nichts als nur ein Lorbeerkranz.

Schloß Tarascon – er bietet's zum Verkauf –
Dran spritzt die blaue Rhone scherzend auf,
Von hoher Warte wandert rings der Blick –
Der König wägt als Denker sein Geschick:

»'s ist eigen, daß man immer mich vertreibt!
's ist eigen, daß mir nichts in Händen bleibt!
Lothringen erbt' ich, wo die Trift sich sonnt,
Das nahm mir weg Anton von Vaudemont.

Dann erbt' ich flugs das Fürstentum Anjou
Und noch das nette Ländlein Bar dazu –

Herr König Ludwig trat in mein Gelaß
Als Gast und schrieb mir meinen Wanderpaß.

Reich Napel war's, das dann zu Erb mir fiel,
Dort mischte sich der Aragon ins Spiel –
Das schöne Napel! Richtig werd ich schlemm!
Mir bleibt das himmlische Jerusalem!

Da schimmert unvergänglich Dach und Fach –
Ich erb es schon. Das Erben ist mein Sach.
Doch geht mein Sach, wie hier, so droben dort,
Holt aus dem Himmel mich der Teufel fort.«

Der Mars von Florenz

Die Türme von Florenz umblaut
Der süße Lenz, der junge Lenz,
Die Frauen singen leis und laut
In allen Gassen von Florenz.

Am Rand der Arnobrücke steht
Ein schwarzverwittert Marmelbild
Mit Helmgeflatter, Kriegsgerät,
Gott Mars, und lächelt falsch und wild.

»Gott Mars, wohl magst du finster schaun,
Drommete dröhnt im Lenze nie,
Raub eine dir von unsern Fraun!
Hoch über Venus preis ich sie!«

Ein Jüngling ruft's dem Gott empor
Mit lachend ausgestreckter Hand –
Ihm dringt ein Erzgedröhn ans Ohr,
Er eilt und steht am andern Strand.

Rasch tritt aus einem Haus hervor
Ein Edelweib, das höhnt und lacht:
»Zur Amidei? Junger Tor!
Dir war das Schönre zugedacht!

Nach Gottes Ratschluß ist's geschehn!
Heut wirst du – heißt's – mit ihr getraut –
Jetzt sollst du die Donati sehn:
Blick her! Vergleich mit deiner Braut!«

Sie zerrt ein Mägdlein an das Licht,
Es kämpft ins dunkle Haus zurück,
Im jungen bangen Angesicht
Errät er aller Himmel Glück.

»Hinweg! Die Amidei harrt!
Hinweg! Mein Kind ist keine Dirn!
Ihr blicket frech!« Der Jüngling starrt
Auf die gesenkte Mädchenstirn.

Der Wunsch ist Glut! Die Scham ist Glut!
Die hohe Doppelflamme loht!
Er streckt die Hand. Das höchste Gut
Ergreift er und ergreift den Tod.

»Frau, strafet mich nicht allzuschwer!
Das süße Haupt! Das blonde Haar!
Gewähret sie mir!« stammelt er.
»Ich führe stracks sie zum Altar!«

Den Ring, der ihm die Hand bereift,
Der Amidei Trauungsring,
Hat rasend er sich abgestreift
Und schleudert ihn. Da rollt er. Kling ...

Jetzt kniet er im Kapellenraum,
An Freveln und an Wonnen reich,

Zur Linken kniet sein sündger Traum,
Wie Engel schön, wie Tote bleich.

Dem Paar zu Häupten murmelt leer
Und schnell ein feiles Priesterwort –
»Die Rosse her! Die Rosse her!
Zum Tor hinaus! Ins Freie fort!

Du lieb Geschöpf! Du bebst wie Laub!
Verlarve dir das Angesicht!
Faß Mut! Ich bringe meinen Raub
In eine Burg, die keiner bricht!«

Am Rand der Arnobrücke steht
Ein schwarzverwittert Marmelbild
Mit Helmgeflatter, Kriegsgerät,
Gott Mars, und lächelt falsch und wild.

Das Schwert des Gottes schüttert leis.
Da springt hervor mit Erzeslaut
Ein Hinterhalt, ein Mörderkreis,
Die Sippe der verratnen Braut.

»Verdammter, stirb!« – »Geliebte, flieh!«
Wild ringend stürzt er umgebracht,
An seinen Busen gleitet sie
Und sinkt mit ihm in *eine* Nacht.

Herab von aller Türme Hang
Verkündet gellend Sturmgeläut
Den Bürgerkampf. Das Schwert erklang
Dem Gott, der sich des Mordes freut.

Die Ketzerin

Fra Dolcin, der Ketzer, der von Dante
In den achten Höllenkreis Gebannte,
Hat ein Weib geliebt, von dem sie sagen,
Daß kein schönres lebt' in jenen Tagen.
Kamen seine Jünger ihn zu grüßen,
Saß die Blonde schon zu seinen Füßen,
Segnet' er das Volk mit frevler Rechten,
Neigte sie zuerst die goldnen Flechten;
Dem Verfemten folgte sie, dem Fliehnden,
Durch die Schluchten des Gebirges Ziehnden –
Da er von den Schergen ward gefangen,
Ist sie seinen Fesseln nachgegangen;
Wo er in der Flamme sich gewunden,
Steht auch sie am Marterpfahl gebunden.

Lieblich ist, die Fra Dolcin verführte,
Wie noch nie ein Weib die Herzen rührte;
Augen, unergründlich wunderbare,
Schaun, als ob sie zu den Sel'gen fahre.
Die sie richten, fragen sich mit Grauen:
Kann die Hölle wie der Himmel schauen?
Und es zittern vor dem unschuldvollen
Engelsantlitz, die sie martern wollen.

Selbst der Priester spricht mit ihr gelinde,
Als mit einem irrgegangnen Kinde:
»Schwaches Weib, der dich verleitet hatte,
Weder Bruder war er dir noch Gatte!
Seine Asche treibt im Wind! Verflogen
Sind die Stapfen, die dich nachgezogen!
Büße! Folge reuig den Geboten
Unsrer heilgen Kirche! Laß den Toten!«
In den Banden kann sich nicht bewegen
Margherita, nur die Lippen regen:
»Leiden muß ich, was Dolcin gelitten . . .

Horch, er ruft! Ich folge seinen Schritten« –
Und die warmen, tiefen Blicke strahlen –
»Durch die Martern folg ich, durch die Qualen!«
»Ketzerin, dich stärken finstre Mächte!
Brände her!« ... Es rühren sich die Knechte.

Siehe da! Wie flammendes Gewitter
Unter die Gescheuchten fährt ein Ritter,
Will den schönen Dämon sich erstreiten;
Er bemächtigt sich der Maledeiten,
Ihre Kniee faßt er mit der Linken,
In der Rechten droht des Schwertes Blinken:
»Tretet aus die Glut! Bei Gottes Leibe,
Löscht die Fackeln! Weg von meinem Weibe!
Sage ja ... mit einem Wink der Lider ...
Und vom Scheiterhaufen steigst du nieder!
Keiner wird auf meiner Burg es wagen,
Dich um deinen Glauben zu befragen!«

»Laß mich ziehn! ... Ich darf mich nicht verweilen ...
Horch, Dolcino ruft! ... Ich muß mich eilen ...
Gib mich frei!« Er weicht mit einem herben
Hohngelächter: »Mag die Törin sterben!«

Über ihrem blonden Haupt zusammen
Schlagen Todesflammen, Liebesflammen.

Der Mönch von Bonifazio

»Korsen, löst des Portes Ketten! Jede Hoffnung ist verschwunden!
Nirgend weht ein rettend Segel! Gebt euch! Pfleget eure Wunden!

Genua, euer hat's vergessen! Spähet aus von eurem Riffe!
Sucht im Meere! Schärft die Augen! Nirgend, nirgend Genuas Schiffe!

Eure Kinder hör ich wimmern, eure Fraun, die hungermatten,
Blicken hohl wie Nachtgespenster und ihr selber wankt wie Schatten!«

Vom Verdeck des Schiffes ruft's empor zu Bonifazios Walle
König Alfons milden Sinnes, aber droben schweigen alle.

Nimmer würden sich dem Dränger diese tapfern Korsen geben,
Gölt' es nur das eigne, gölt' es nicht der Knaben junges Leben!

Finster vor sich niederstarrend, treten flüsternd sie zusammen –
Eines Mönchs empörte Augen schießen Blitze, schleudern Flammen:

»Feige Hunde! Keine Korsen! In die Hölle der Verräter!«
»Schweige, Mönch! Wir haben Herzen. Wir sind Gatten, wir sind Väter.«

Auf dem preisgegebnen Felsen kniet der Mönch in wildem Harme:
»Leihe, Gott, mir deine Hände! Gib mir deine starken Arme!

Heute komm ich Lohn zu fordern. Alles gab ich. Nichts geblieben
Ist mir außer meinem Felsen. Aber etwas muß ich lieben.

Gott, du kannst mit deinen Kräften eines Menschen Kräfte
steigern!
Was du tatst für deine Juden, darfst du keinem Korsen
weigern!

Genuas Schiffe will ich suchen! Will sie bei den Schnäbeln
fassen!
Spannen will ich weite Segel und sie nicht ermatten lassen!«

Alle seine Muskeln schwellen, alle seine Pulse beben,
Schiffe durch das Meer zu schleppen, Segel aus der Flut
zu heben.

Aufgesprungen, überwindend Raum und Zeit mit seinem
Gotte,
Deutet er ins Meer gewaltig: »Dort! Ich sehe dort die
Flotte!«

Aber keine Segel blinken aus des Meeres farbger Weite,
Unbevölkert flutet eine schrankenlose Wasserbreite.

Nur die Sonne wandert höher, ihre Strahlen brennen
wärmer.
Nichts als Meer und nichts als Himmel. Alfons lächelt:
»Armer Schwärmer!«

Dort! Am Saum des Meers das Pünktchen ... Sichtbar
kaum ... Der zweit' und dritte
Punkt und jetzt ein viert' und fünfter und ein sechster in
der Mitte!

Winde blasen, Wellen stoßen. Meer und Himmel sind im
Bunde.
Segel, immer neue Segel steigen aus dem blauen Grunde.

Wende deine Schiffe, König! Sonst verlierst du Ruhm und
Ehre!
Woge, Fürstin Genua, woge, du Beherrscherin der Meere!

Alle Glocken Bonifazios schlagen schütternd an und stürmen,
Jubel wiegt sich in den Lüften über den zerschoßnen Türmen.

Und der Mönch, der mit der Allmacht seinen irdschen Arm bewehrte?
An der Erde liegt er sterbend, der von ihrem Hauch Verzehrte.

Jung Tirel

»Jung Tirel, fuhrest über See?
Jung Tirel, mir willkommen hie!
Sahst du so dunkle Forste je?
So stolze Forste sahst du nie!

Ein englisch Wild erst umgebracht!
Dann geb ich dir ein englisch Lehn!«
Jung Tirel, dem das Herze lacht,
Läßt seine blanken Zähne sehn.

»Wer heut den besten Schuß mir tut,
Den Achtzehnender mir erlegt,
Der nehme sich als Lehensgut
Den Königsforst, der ihn gehegt!

Zuschwör ich dir's auf diesen Bart,
Der feuerrot die Brust mir deckt!
Zu Wald! Zu Wald! Der Rappe scharrt!
Die Bracke spürt! Der Rüde bleckt!«

Herr Wilhelm stößt ins Jägerhorn,
Ein Geier krächzt in seinem Horst,
Die Wipfel peitscht ein dunkler Zorn,
Es braust und tost. Dann schweigt der Forst.

Herr Wilhelm schlägt mit Tirel Rat:
»Ich links, du rechts! Fort! Gute Birsch!«
Es knirscht das Laub, darauf er trat.
In heller Lichtung äzt ein Hirsch:

Ein Rothirsch, der vier Ellen mißt,
Daß sich ein Jägerherze freut,
Der dieses Forstes König ist,
Mit weit verästetem Gestäud.

Her raunt's aus Waldesfinsternis
Zu Tirel, der sich duckt ins Moos:
»Verdammt, daß mir die Sehne riß!
Du drück in Teufels Namen los!«

Herr Tirel lauscht. Wer sprach das Wort?
Ein Weilchen schweigt's im Laubesdach.
»Schieß, Tirel!« raunt's von anderm Ort.
Er schießt. Genüber stöhnt ein Ach.

Herr Tirel, das war schlimme Birsch!
Im Dickicht rinnt ein Bächlein rot.
Ihr fehltet Englands größten Hirsch
Und schosset Englands König tot.

La Blanche Nef

»Herr König, ich bin Steffens Kind,
Der den Erobrer einst geführt!
Es ist ein Lehn, daß *mein* Gesind,
Mein Schiff allein den König führt!

Voraus den schnellsten Seglern fliegt
Mein Boot, La Blanche Nef genannt,
Es weiß, wo sichre Tiefe liegt,
Es furcht das Meer, es kennt den Strand!«

»Nicht mich, doch meinen besten Hort,
Vier Königskinder, führest du –
Sie knospen, weil mein Leben dorrt –
Die junge Normandie dazu!

Gelobe mir dein himmlisch Teil,
Gelobe mir dein männlich Wort:
Du bringst an Leib und Seele heil
Die Kinder mir nach England dort!«

»Ich schwöre dir mein himmlisch Teil,
Ich schwöre dir mein männlich Wort:
An Leib und Seele bring ich heil
Die Kinder dir nach England dort!«

Des Schiffers geller Pfiff erscholl,
In See das Boot des Königs stach –
Ein Korb von frischen Blumen voll,
Glitt Blanche Nef, la Belle, nach.

So leichtbeschwingt wie nie zuvor
Durchfurchte Blanche Nef die See
Mit ihrem kräftgen Knabenflor
Und Mägdlein schlank wie Hirsch und Reh.

Die Königskinder hell und zart,
Erhöht inmitten saßen sie,
Ringsum gepaart in Zucht und Art
Das Edelblut der Normandie.

Vier Stimmen sangen frisch und schön
Und hundertstimmig scholl der Chor,
Es zog das junge Lustgetön
Die Nixen aus der Flut empor.

»Ich warne junge Herrlichkeit
Und dich, normännisch Edelblut,

Das Singen schafft der Nixe Leid,
Dem freudelosen Kind der Flut!«

»Und schaffen dem Gezücht wir Leid
Und quälen wir das Halbgeschlecht
Und reizen wir der Nixe Neid,
Das, Steffen, ist uns eben recht!«

Gemach verlosch das Abendrot,
Des Tages Gluten schliefen ein,
Ausbreitet' über Meer und Boot
Der Mond den bleichen Geisterschein.

Die See ist wunderlich erregt.
Was wandert um des Kieles Lauf?
Von Armen wird die Flut bewegt,
Beglänzte Nacken tauchen auf.

Der Steffen ernst am Steuer stand:
»Das Meer ist klar ... doch droht Gefahr ...«
Er deutet mit gestreckter Hand:
»Da naht sie schon, die Nixenschar!«

Umklammert hält den schrägen Mast
Ein blanker Leib als Schiffsfigur,
Daß Blanche Nef, von Graun erfaßt,
In wilder Flucht von dannen fuhr.

»Ich warne junge Herrlichkeit,
Vergeßt die Nachtgebete nicht!«
»Ei, Steffen, Kind der alten Zeit,
Süß herzt es sich im Mondenlicht ...«

Es klimmt und überklimmt das Bord,
Es läßt sich nieder aus den Taun,
Es kichert wie ein freches Wort,
Es schaudert wie ein lüstern Graun ...

Es reizt, es quält, es schlüpft, es schmiegt
Sich zwischen Edelknecht und Maid,
Bis sich das Paar in Armen liegt
Zu früher Lust, zu Tod und Leid . . .

Dem Steffen steigt das Haar. Er starrt
Auf ein gespenstig Bacchanal:
Die Königskinder hell und zart
Verblühen all im Mondenstrahl.

»Verloren geht mein himmlisch Teil,
Gebrochen ist mein männlich Wort:
Nicht bring an Leib und Seele heil
Die Kinder ich nach England dort!

Stirb, Blanche Nef! bevor es tagt!
Im Wasser weiß ich hier ein Riff . . .«
Er dreht das Steuer stracks und jagt
Der Klippe zu das Sündenschiff.

Der König lauscht zurück: »Das scholl
Wie Sterbeschrei!« Klar ist der Sund.
Ein Korb von welken Blumen voll,
Sinkt Blanche Nef zum Meeresgrund.

Der schwarze Prinz

Schwarzer Prinz und König Hans
Maßen sich in raschem Waffentanz,
Bis der Prinz den König überwand
Mit der erzgeschienten Hand.

Ins Gezelt nahm er den Raub,
Wusch den Wunden rein von Blut und Staub,
Bog das Knie und bot den Labetrank
Ihm, der tief in Gram versank.

Frankreichs armer König träumt
Also schwer, daß er den Wein versäumt,
Ihn ermahnt der Prinz, wie er's vermag:
»Herr, es ist des Schicksals Tag!

Manchen hattet Ihr gestreckt,
Da Ihr sanket, Herr, mich hat's erschreckt,
Doch man lebt, und blieb nur Ehre heil,
Duldet man sein menschlich Teil!

Morgen als des Friedens Pfand
Send ich Euch nach meinem Engelland.
Zeit ist mächtig! Jede Fessel fällt!
Nur die Erde schließt und hält.«

König Hans, aus seinem Traum
Blickt er auf und sieht des Zeltes Raum
Und in geisterbleichem Angesicht
Zweier schwarzer Augen Licht.

Er beschaut das edle Haupt,
Das ein unsichtbarer Kranz umlaubt,
Ärgert sich und murmelt: »Worte sind's.
Deine Augen spotten, Prinz!

Heuchle! Streichle meinen Schmerz!
Leis im Panzer jubelt dir das Herz.
Horch! Es triumphiert!« Der Sieger spricht:
»König, nein. Es jubelt nicht.

Ich bin eine kurze Kraft,
Heut geharnischt, morgen weggerafft!
Frühe Stunde lost' ich wie Achill,
Meinem Lose halt ich still.«

Der gleitende Purpur

»Eia Weihnacht! Eia Weihnacht!«
Schallt im Münsterchor der Psalm der Knaben.
Kaiser Otto lauscht der Mette,
Diener hinter sich mit Spend' und Gaben.

Eia Weihnacht! Eia Weihnacht!
Heute da die Himmel niederschweben,
Wird dem Elend und der Blöße
Mäntel er und warme Röcke geben.

Hundert Bettler stehn erwartend –
Einer hält des Kaisers Knie umfangen
Mit den wundgeriebnen Armen,
Dran zerrißner Fesseln Enden hangen.

»Schalk! Was zerrst du mir den Purpur?
Harr und beite! Kennst du mich als Kargen?«
Doch der Bettler hält den Mantel
Fest und jammert: »Kennst du mich, den Argen?

Du Gesalbter und Erlauchter!
Kennst du mich? ... Du hast mit mir gelegen,
Mit dem Siechen, mit dem Wunden,
Unter *eines* Mutterherzens Schlägen.

Aus demselben Wollentuche
Schnitt man uns die Kappen und die Kleider!
Aus demselben Psalmenbuche
Sang das frische Jugendantlitz beider!

Heinz, wo bist du? Heinz, wo bleibst du?
Hast zum Spiele du mich oft gerufen
Durch die Säle, durch die Gänge,
Auf und ab der Wendeltreppe Stufen ...

Wehe mir! Da du dich kröntest,
Hat des Neides Natter mich gebissen!
Mit dem Lügengeist im Bunde
Hab ich dieses deutsche Reich zerrissen!

Als den ungetreuen Bruder
Und Verräter hast du mich erfunden!
Du ergrimmtest und du warfest
In die Kerkertiefe mich gebunden ...

In der Tiefe meines Kerkers
Hab ich ohne Mantel heut gefroren ...
Eia Weihnacht! Eia Weihnacht!
Heute wird der Welt das Heil geboren!«

»Eia Weihnacht! Eia Weihnacht!«
Hundert Bettler strecken jetzt die Hände:
»Gib uns Mäntel! Gib uns Röcke!
Sei barmherzig! Gib uns deine Spende!«

Eine Spange löst der Kaiser
Sacht. Sein Purpur gleitet, gleitet, gleitet
Über seinen sündgen Bruder
Und der erste Bettler steht bekleidet ...

Eia Weihnacht! Eia Weihnacht!
Jubelt Erd und Himmelreich mit Schallen.
Glorie! Glorie! Friede! Freude!
Und am Menschenkind ein Wohlgefallen!

Das Goldtuch

»Ihr Mägde, schaut, was ihr im Schreine habt!
Nicht darfst du mir von hinnen unbegabt,
Mein blondgelockter Enkel, der mir bot
Mit priesterlichen Händen Gott im Brot!«

Mathilde sprach's, die Fürstin, sterbeschwach.
Richburg die Schaffnerin seufzt': »Weh und Ach!
Hingabst den Armen alles du! Allein
Dein goldgewoben Bahrtuch liegt im Schrein!«

»Die goldne Decke! Gebt dem Bischof die!
Bahrtuch und Totenhemd, das mangelt nie!«
Der Bischof zaudert ... »Nimm die Decke! Kränk
Mich nicht!« Der Jüngling zieht mit dem Geschenk ...

Sie atmet aus. Es läutet lang und schön
Mit allen Glocken von des Münsters Höhn ...
Fern in der Ebne gleißt's wie Sonnenblick:
Mathildens Bahrtuch kehrt zu ihr zurück.

Abspringt ein Reiter, der den Turm ersteigt.
»Den Bischof warf das Roß. Ein Toter schweigt.
Wir bringen ihn! Verdoppelt das Geläut!
Ihr Glöckner, zwier bekommt ihr Löhnung heut!«

Frau Agnes und ihre Nonnen

Ein Klosterhof, ein Lenzestag!
Ein schwarzer Lindenschatten,
Wo der gekrönte Habsburg lag
Erstochen auf den Matten.

Frau Agnes, die gestrenge Frau,
Des Vaters Blut zu rächen,
Rief mordend aus: »Ich bad in Tau!«
Und schritt in roten Bächen.

Sie freute sich, in warmes Blut
Die Knöchel einzutauchen,
Sie warf in stille Dörfer Glut,
Sie ließ die Burgen rauchen.

Nachdem Gericht gehalten war,
Vollbracht die Totenfeier,
Verbarg sie das Medusenhaar
Mit einem Nonnenschleier.

Sie schuf ein Kloster, wo hervor
Aus Grüften Geister schweben,
Sie füllt mit Blumen an den Chor,
Mit lauter jungem Leben:

Sie raubt das krause Blondgelock
Manch einem Edelkinde,
Beschert ihm einen schwarzen Rock
Und eine blanke Binde.

Sie geißelt sich den weißen Leib,
Bis rote Tropfen rinnen,
Sie will, das unbarmherzge Weib,
Den zarten Heiland minnen.

Dort sitzt sie unter Lindennacht
Am kühlen Klosterbronnen,
Sie hat die Bibel mitgebracht
Zur Andacht ihrer Nonnen.

Am Gatter lauschen Kinder scheu
Mit frisch gepflückten Veilchen,
Ein Weiblein hinkt mit Holz vorbei,
Bückt tief sich vor der Heilgen.

Dem jüngsten Nönnchen gibt das Buch
Sie jetzt, der lieblich Bleichen:
»Wir blieben bei Sankt Pauli Spruch.
Sieh her! Da steckt das Zeichen!«

Die Zarte, die das Buch empfing,
Beschaut Sankt Paulum denkend.

Sie liest. Ihr lauscht der Schwestern Ring,
Die Wimper züchtig senkend –

»Was frommte mir die Fastenzeit,
Was frommten Geißelhiebe,
Was frommt' es, trüg' ich hären Kleid,
Und mangelte der Liebe?«

Da schwellt ein Seufzer manche Brust
Im Nonnenrock erbaulich,
Und manche kecke Lebenslust
Blickt traurig und beschaulich ...

Kaiser Sigmunds Ende

»Licht und lauter Bläue! Recht ein Wandertag!
Weit hinaus ins Freie! Weg aus diesem Prag!
Holt mir eine Sänfte, macht es mir zu Dank:
Vorn ein Rößlein, hinten eins, und beide blank!

Fröhlich will ich fahren tief ins Abendrot,
Sei mein schlanker Läufer, spring, Gevatter Tod!
Trabe, Läufer, trabe! Flugs bestelle mir
Ein geruhig Bettlein und das Nachtquartier!«

Durch die Gassen ging es, wo die Menge stand,
Statt des Purpurs trug er schlichtes Reis'gewand,
Von dem Lorbeerzweige das Gelock umlaubt,
Nickt' ins Volk er freundlich, zitternd mit dem Haupt.

Als er vor dem Tore blaches Feld gewann,
Pries er Erd und Himmel: »O ich sel'ger Mann!
Herden seh ich gerne, auch den Pflüger gern:
Sei gesegnet, Nähe! Sei gesegnet, Fern'!«

Wie die wandermüde Sonne niedersank,
Öffnet' er die Lippen als zum Abendtrank,
Dann ist er entschlummert in der dunkeln Flur,
Drauf mit weißen Rößlein seine Sänfte fuhr.

Die drei gemalten Ritter

»Frau Berte, hört: Ihr dürftet nun
Mir einmal einen Gefallen tun!«

»Was denkt Ihr, Graf? Wohin denket Ihr?
Vor den drei gemalten Rittern hier?«

Drei Ritter prahlen auf der Wand
Mit rollenden Augen, am Dolch die Hand.

»Wer, Frau, ist diese Ritterschaft?«
»Drei Vettern und alle drei tugendhaft!

Gelobt Ihr, Graf, die Ehe mir
Bei den drei gemalten Rittern hier,

Will ich – Ihr laßt es doch nicht ruhn –
Euch einmal einen Gefallen tun.«

Das Gräflein zwinkert den Rittern zu.
(»Frau Berte, welch eine Gans bist du!«)

Das Gräflein hebt die Finger flink.
(»Frau Berte, du bist ein dummes Ding!«)

»Trautlieb, ich schwör und beschwör es dir
Bei den drei gemalten Rittern hier!«

Jetzt rufen aus *einem* Mund die drei:
»Es ist geredet und bleibt dabei!«

Die Wand versinkt: dahinter stehn
Drei gültge Zeugen. So ist's geschehn.

Einsiedel

»Was pocht mir an das Fenster?
Wer klopft an meine Tür so laut?«
»Ich bin ein junger Wildfang
Und naß bis auf die Haut.

Ich bin der Gerold Wendel,
Wir ziehen an den Hof zu zwein,
Der andre ist ein Konrad
Und nennt sich Lützelstein.

Der duckt sich etwo anders
Vor Blitzgezuck und Wetterzorn
Und bläst mich morgen munter
Mit seinem Jägerhorn.

Einsiedel, frommer Bruder,
Ihr sehet, wie es um mich steht!
Gewährt mir Euer Lager
Und sprecht mein Nachtgebet!«

Er lallt es halb entschlummert
Und streckt die Glieder aus zur Ruh,
Einsiedel deckt sein Lämpchen
Mit beiden Händen zu.

»Wie lieblich ist die Jugend!
Hätt' ich ein Füllhorn voller Glück,
Ich leert' es dir zu Häupten,
Es bliebe nichts zurück.«

Der Schlummrer wird zum Träumer,
In hastgen Worten redet er,
Lacht, weint in *einem* Atem
Und wirft sich hin und her.

»Ich habe Blut vergossen!«
Einsiedel faßt besorgt ihn an.
»Du träumst nicht gut. Erwache!
Die Augen aufgetan!«

Er starrt mit wilden Blicken.
»Mein Kind, wie hast du mich erschreckt!«
»Einsiedel, frommer Bruder,
Ich bin mit Blut bedeckt.

Wir saßen unter Linden,
Ich und der Konrad Lützelstein,
Ein Fräulein von dem Hofe
Bot lachend uns den Wein.

Sie streift' mich mit dem Ärmel,
Die binsenschlank gewachsen war,
Sie hatte schnelle Augen
Und aschenblondes Haar.

Sie streift mich mit der Achsel
Und lispelt mir ins Ohr hinein:
›Wilt, junger Edelknabe,
Mein Trautgeselle sein?‹

Da schwang man einen Reigen,
Sie reigte mit dem Lützelstein –
›Wilt, junger Edelknabe,
Mein Trautgeselle sein?‹

Mir schwoll die Brust vor Eifer,
Ein Hader reißt die Klingen bloß -

›Herzbruder, mein Herzbruder,
Gabst mir den Todesstoß!‹«

Einsiedel mahnt: »Erwache!«
Und schiebt zurück sein Fensterlein.
Da strömt mit Tannendüften
Ein Erdgeruch herein.

Und horch, ein Hifthorn schmettert
Und eine frische Stimme schallt:
»Wo steckt der Gerold Wendel?
Den such ich durch den Wald!«

Das Münster

Des Meisters hohle Wange brennt,
Sie bringen ihm das Sakrament,
Er ißt des ewgen Lebens Brot,
Im Stubenwinkel grinst der Tod.
Fortträgt der Pfaffe die Monstranz.
Mit Augen scharf von Fieberglanz
Winkt weg der Meister seinem Weibe,
Dem Sohn, dem einzgen, winkt er: Bleibe!
Und deutet auf den Eichenschrein:
Was mag da Köstlichs drinnen sein?
Der Jüngling hebt ein Pergament
Aus einer Lade, die er kennt,
Er breitet auf die Lagerstatt
Ein langsam aufgerolltes Blatt:
Da dehnt sich feierlich-gewaltig
Ein Münster eins und mannigfaltig
Vom obern bis zum untern Rand –
Ein Riß von jugendkühner Hand.
Der Meister sieht am Brett sich stehn

Und seine Zeichenkohle gehn,
Sieht über blühendfrische Wangen
Verworrne Haare niederhangen –
Und vor dem ersten seiner Pläne
Erstaunt er und zerdrückt die Träne.
Auflodern seine Lebensgeister,
Mit raschen Pulsen spricht der Meister:

»Dies Blatt erweckt den Tag mir wieder,
Wo in der Vaterstadt ich nieder
Gelegt den Stab der Wanderschaft –
Ich schritt in voller Jugendkraft.
Daheim war ein begeistert Leben,
Ein Münster wollten sie erheben
Mit andern Ländern um die Wette
Und höher noch als andre Städte,
Gott und den Heilgen all zum Ruhm,
Zur Ehre deutschem Bürgertum.
Mich ließ auf seine Stube kommen
Der Rat. ›Laß, junger Meister, frommen,
Was du erwandert hast! Wohlan!
Entwirf uns eines Münsters Plan!‹

Da saß ich auf in langen Nächten,
Zur Linken standen mir und Rechten
Der Christ mit seiner Märtrerschar,
Die Kaiser mit den Kronen gar,
Viel reine Fraun und Helden gut,
Die nahmen mich in Zucht und Hut,
Wollt' ich in schwelgendes Verzieren,
In üppig Blattwerk mich verlieren,
Und opfert's nicht mit keuschem Sinn
Dem Ganzen streng ich zu Gewinn,
Gleich schlug ein altes Heldenbild
Erzürnt an seinen ehrnen Schild,
Den Finger hob (das Haupt von Licht
Umrahmt) ein Heilger: Tändle nicht!

Das Amt, das dir zu Lehen fiel,
Das ist ein Werk und ist kein Spiel!

Da war's, als ich die Kohle führte,
Daß Gott der Geist das Werk berührte:
Gemach begann der Dom zu schweben
Und regte sich aus eignem Leben,
Mich riß es über mich empor,
Mit schlanken Stämmen wuchs der Chor,
Gen Himmel blüht' in Laub und Ranke
Der menschlich-göttliche Gedanke –
Das Münster stand auf meinem Blatte,
Ich wußte, *wer's* vollendet hatte.

Im Flur auf unserm städt'schen Haus
Stellt' ich das Blatt den Blicken aus,
Und wie die Bürger nahe traten,
Sprach aller Mund: ›Du hast's erraten!
So und nicht anders soll es sein!‹
Ich legte meinen ersten Stein,
Aus allen Herzen, allen Händen,
In freudger Fülle quollen Spenden.
Beschattend schon die Häusermasse
Entstieg der Dom dem Lärm der Gasse
Und wuchs mit abgemeßnen Schritten.
Die Wolken und die Jahre glitten,
Doch karger werdend mit den Jahren,
Begannen Herz und Hand zu sparen,
Die Flamme der Begeistrung fiel
In müde Asche vor dem Ziel.
Erst sprach der Rat von kurzen Fristen,
Und stiller ward's auf den Gerüsten,
Dann setzten neue Frist sie wieder,
Das Baugestelle faulte nieder.
Laut feilschte rings der Markt und summte,
Sobald der Hammerschlag verstummte,
Mit ekeln Buden ward verklebt

Der Pfeiler, der nach oben strebt.
Ich aber ging dem Brote nach,
Baut' Erkerlein und Giebeldach,
Ein wackrer Lohnknecht wie die andern,
Doch abends im Nachhausewandern
Bei trauter Dämmerglocke Klang
Stand ich vor meinem Münster lang.
Die Glut erklomm den höchsten Trümmer,
Verglomm in letztem Tagesschimmer,
Noch ging das Knabenspiel im Braus
Rings um das dunkelnd hohe Haus,
Oft hemmt' ein Junge kurz den Lauf
Und schaut' am Münster trotzig auf –
Dann runzelt' ich die weißen Brau'n
Und dachte: Werden's diese baun?

Inzwischen schossen auf die Reiser,
Sie wurden saftger und ich greiser –
Jüngst irrt' ich traurig und allein
Um meinen Dom im Abendschein,
Da stand das junge Volk beisammen,
Die kräftgen Augen sprühten Flammen,
Ich schlich in ihre Nähe leis,
Aus *einem* Munde schwur der Kreis:
›Bei Gottes Haupte! Wir vollenden
Den Dom mit diesen unsern Händen!‹ . . .
Ob sie den ersten Meister kennen
Des Werks, das sie zu enden brennen?
Nach den Gesichtern keck und neu
Blickt' ich hinüber still und scheu . . .
Mit einem Male rief ein dreister
Gesell: ›Begrüßt den alten Meister!‹
Und riß die Kappe sich vom Haar,
Da grüßte mich die ganze Schar.

Habt Dank und Gottes Lohn, Gesellen!
Ihr wollet die Gerüste stellen?

Nicht ich – habt Dank und Gottes Lohn –
Geht hin und rufet meinen Sohn!
Wie wird mir? ... Schallt im Dom das Amt?
Die Glocken dröhnen allesamt ...«
Er faßt des Sohnes Rechte ... »Schau!
Es steigt ... Mein Münster steigt im Blau!«
Er starrt, den Blick emporgewendet.
Er neigt das Haupt. Er seufzt: »Vollendet!«

Die Krypte

Baut, junge Meister, bauet hell und weit
Der Macht, dem Mut, der Tat, der Gunst der Stunde,
Der Dinge wahr und tief geschöpfter Kunde,
Dem ganzen Genienkreis der neuen Zeit!

Des Lebens unerschöpften Kräften weiht
Die freudge, lichtdurchflutete Rotunde –
Baut auch die Krypte drunter, wo das wunde
Gemüt sich flüchten darf in Einsamkeit:

Vergeßt die Krypte nicht! Dort soll sich neigen
Das heilge Haupt, das Dornen scharf umwinden!
Ich glaube: Ein'ge werden niedersteigen.

Dort unten werden ein'ge Trost empfinden.
Wir mögen, wenn die Leiden uns umnachten,
Nicht Glück noch Ruhm, nur größern Schmerz betrachten.

VIII

Genie

Camoëns

Camoëns, der Musen Liebling,
Lag erkrankt im Hospitale.
In derselben armen Kammer
Lag ein Schüler aus Coimbra,
Ihm des Tages Stunden kürzend
Mit unendlichem Geplauder.

»Edler Herr und großer Dichter,
Was sie melden, ist es Wahrheit?
Daß gescheitert eines Tages
Am Gestad von Coromandel
Sei das undankbare Fahrzeug,
Das beehrt war, Euch zu tragen?
Daß Ihr, kämpfend in der Brandung,
Mit der Rechten kühn gerudert,
Doch in ausgestreckter Linken,
Unerreicht vom Wellenwurfe,
Hieltet Eures Liedes Handschrift?
Schwer wird solches mir zu glauben.
Herr, auch mir, wann ich verliebt bin,
Sind Apollos Schwestern günstig;
Aber ging' es mir ans Leben,
Flattern meine schönsten Verse
Ließ' ich wahrlich mit dem Winde,
Brauchte meine beiden Arme!«

Antwort gab der Dichter lächelnd:
»Solches tat ich, Freund, in Wahrheit,
Ringend auf dem Meer des Lebens!
Wider Bosheit, Neid, Verleumdung

Kämpft' ich um des Tages Notdurft
Mit dem einen dieser Arme.
Mit dem andern dieser Arme
Hielt ich über Tod und Abgrund
In des Sonnengottes Strahlen
Mein Gedicht, die Lusiaden,
Bis sie wurden, was sie bleiben.«

Michelangelo und seine Statuen

Du öffnest, Sklave, deinen Mund,
Doch stöhnst du nicht. Die Lippe schweigt.
Nicht drückt, Gedankenvoller, dich
Die Bürde der behelmten Stirn.
Du packst mit nervger Hand den Bart,
Doch springst du, Moses, nicht empor.
Maria mit dem toten Sohn,
Du weinst, doch rinnt die Träne nicht.
Ihr stellt des Leids Gebärde dar,
Ihr meine Kinder, ohne Leid!
So sieht der freigewordne Geist
Des Lebens überwundne Qual.
Was martert die lebendge Brust,
Beseligt und ergötzt im Stein.
Den Augenblick verewigt ihr,
Und sterbt ihr, sterbt ihr ohne Tod.
Im Schilfe wartet Charon mein,
Der pfeifend sich die Zeit vertreibt.

Il Pensieroso

In einem Winkel seiner Werkstatt las
Buonarroti, da es dämmerte;

Allmählich vor dem Blicke schwand die Schrift ...
Da schlich sich Julianus ein, der Träumer,
Der einzige der heitern Medici,
Der Schwermut kannte. Dieser glaubte sich
Allein. Er setzte sich und in der Hand
Barg er das Kinn und hielt gesenkt das Haupt.
So saß er schweigend bei den Marmorbildern,
Die durch das Dunkel leise schimmerten,
Und kam mit ihnen murmelnd ins Gespräch,
Geheim belauscht von Michelangelo:
»Feigheit ist's nicht und stammt von Feigheit nicht,
Wenn einer seinem Erdenlos mißtraut,
Sich sehnend nach dem letzten Atemzug,
Denn auch ein Glücklicher weiß nicht was kommt
Und völlig unerträglich werden kann –
Leidlose Steine, wie beneid ich euch!«*
Er ging und aus dem Leben schwand er dann
Fast unbemerkt. Nach einem Zeitverlauf
Bestellten sie bei Michelangelo
Das Grabbild ihm und brachten emsig her,
Was noch in Schilderein vorhanden war
Von schwachen Spuren seines Angesichts.
So waren seine Züge, sagten sie.
Der Meister schob es mit der Hand zurück:
»Nehmt weg! Ich sehe, wie er sitzt und sinnt
Und kenne seine Seele. Das genügt.«

Conquistadores

Zwei edle Spanier halten Wacht
Und einer spricht zum andern:
»Señor, mir deucht, der Teufel lacht,
Wie wir ins Leere wandern!

* Eigene Worte Julians in einem von ihm vorhandenen Sonett.

Das Segel rauscht, es rauscht der Kiel,
Noch keines Strandes Boten –
Die Hölle treibt mit uns ihr Spiel,
Wir fahren zu den Toten!

Wer einem Genuesen traut,
Hat den Verstand verloren!
Die Klugen hat er schlecht erbaut,
Doch lockt' er alle Toren –
Rund sei die Erde, log er mir,
Wie Pomeranzenbälle,
Doch unermeßlich flutet hier
Nur Welle hinter Welle!«

Der andre blickt ins Meer hinaus
Und runzelt finstre Brauen:
»Señor, mich zog Columb ins Haus,
Ließ mich die Karten schauen,
Was er doziert', verstand ich nicht,
Ich ließ es alles gelten –
Sein übermächtig Angesicht
Verhieß mir neue Welten!

Ist er ein Narr und haben wir
Uns in das Nichts verlaufen,
Ein räudger Hund, Señor, wie Ihr,
Darf fröhlich mit ersaufen!«
»Señor, da betet Ihr nicht gut!
Zurück Euch in den Rachen
Den räudgen Hund! Ihr raucht von Blut
Und risset aus den Wachen!«

»Señor, ich dolcht' ein falsches Weib,
Bekenn ich unverhohlen!
Nicht hab dem Bäcker einen Laib
Vom Brett ich weggestohlen!
Señor, Ihr seid ein Galgenstrick!«

»Señor, Ihr seid nicht besser!«
Sie ziehen mit entflammtem Blick
Und kreuzen blanke Messer ...

Da zwischen ihre Messer walzt
In tollem Freudensprunge,
Mit ölgetränkten Fingern schnalzt
Miguel, der Küchenjunge.
Er drückt die Lider blinzelnd ein
Mit schlauem Wimperzwinken,
Bald hüpft er auf dem rechten Bein,
Bald hopst er auf dem linken,

In Lüften bläht sich sein Gewand,
Es puffen ihm die Hosen –
Neugierig kommen hergerannt
Soldaten und Matrosen.
Der Junge redet kunterbunt,
Als ob's im Kopf ihm fehle,
Dann öffnet er den großen Mund
Und singt aus voller Kehle:

»Das Heimchen zirpt, das Heimchen zirpt,
Stimmt Laudes an und Psalmen!
Und wenn's mir nicht vor Freude stirbt,
Bald weidet's unter Halmen!
Ich schwör es euch bei Gottes Haupt:
Es atmet duftge Weiden,
Es wittert Wälder dichtbelaubt
Und unermeßne Heiden!

Erlauchte Herren, gebet acht,
In meinem engen Räumchen
Hat unsre Meerfahrt mitgemacht
Ein andalusisch Heimchen –
Mitnahm ich's aus dem Vaterland,
Mich scheidend zu beschenken,

Ich fing's mit flinkem Griff der Hand
Zu einem Angedenken.

Da wir zu Schiffe stiegen dort,
Die Zierden aller Lande,
Zirpt' Heimchen mir im Busen fort,
Als weidet's noch am Strande.
Das grüne Vorgebirg verschwand,
Dem Heimchen ward es schaurig,
Beklommen saß es an der Wand
Und wurde faul und traurig.

So darbt's und dämmert's langezeit,
Schon gab ich es verloren,
Und nun, bei meiner Seligkeit,
Ist Heimchen neugeboren!
Bedenkt, es hockte gram und lahm
An Dielen und an Wänden,
Jetzt jubelt's wie ein Bräutigam
Und kann nur gar nicht enden!«

Miguel ist fort und wieder da,
Die Fingerspitze zeigend:
Da sitzt es ja! Da singt es ja!
Die Spanier lauschen schweigend –
Dann sinnen sie der Sache nach,
Den Lustgesang im Ohre,
Sie schütteln sich die Hände jach
Und schrein in wildem Chore:

»Das Heimchen zirpt! Das Heimchen zirpt!
Bald schwelgen wir in Beute!
Wer spielt, gewinnt! Wer wagt, erwirbt!
Wir sind gemachte Leute!
Die Küste winkt! Das Gold erblinkt,
Davon die Sagen melden!
Das Morgen steigt! Das Gestern sinkt!
Wir sind berühmte Helden!«

Don Fadrique

Don Fadrique bringt ein Ständchen
Der possierlichen Pepita:
»Liebchen, strecke durch die Türe
Deines Füßchens Spitze nur!«

Und die drollige Pepita
Streckt durch eine schmale Spalte
Eines allerliebsten Fußes
Weißes Spitzchen in die Luft.

Don Fadrique krümmt den Rücken,
Will das weiße Spitzchen küssen,
Knabe Amor steht bei Seite,
Der den Bogen lachend spannt.

Nach dem ewigjungen Herzen
Zielt er, doch wer lacht, der zielt schlecht:
In des Ritters alten Rücken
Schießt er einen Hexenschuß.

Don Fadriques Knochen rasseln,
Don Fadrique stürzt zusammen,
Figaro holt eine Sänfte,
Figaro bringt ihn zu Bett.

»Frommer Bruder Agostino,
Exorziere mir das frevle
Allerliebste weiße Füßchen,
Das durch meine Beichte tanzt!«

Don Fadrique sucht den Hades,
Zierlich schreitend wie ein Stutzer,
Tänzelnd leuchtet ihm ein weißes
Füßchen durch die Unterwelt.

Die Schweizer des Herrn von Tremouille

Herr Karl war verdrossen,
Sein Pulver verschossen:
»O Gunst der Bellona, du wandelndes Glück!
Umstarrt allerenden
Von Felsen und Wänden,
Laß ich meine herrlichen Büchsen zurück?«

Da kam aus der Pouille
Herr Ludwig Tremouille
Und sprach: »Ich bezwinge die schwindelnde Bahn!
Nicht Rosse, nicht Farren
Vor Büchsen und Karren!
Ich spanne mich selbst und die Schweizer daran.

Die kennen die Berge!
Das sind keine Zwerge,
Wie deine Gascogner, die zapplige Brut!
Die haben dir Arme,
So harte, so warme!
Herr König, ich steh für die Büchsen dir gut!

Ihr Herrn aus den Bünden,
Bedenkt eure Sünden:
Den rollenden Würfel, den Becher, die Dirn!
Die wollen wir fegen
Auf brennenden Wegen,
Die büßen wir heute mit triefender Stirn!«

Weg warf er die Jacke,
Daß fester er packe
Das Seil um die erste Kanone geknüpft –
Da jauchzten die Buben
Und schoben und huben,
Im Nu aus den puffigen Wämsern geschlüpft.

Der stämmige Berner,
Der lustge Luzerner,
Sie streiften die nervigen Arme sich nackt;
Die Kinder der Rhone,
Der braune Grisone,
Sie zogen die rasselnden Büchsen im Takt.

Ein knarrendes Stöhnen,
Metallenes Dröhnen!
Sie fuhren zu Berg mit der Herde von Erz,
Vorüber den Schründen,
Die Herrn aus den Bünden,
Als ging' es zum Reigen mit Jubel und Scherz.

Ein prächtiges Wetter!
Drommetengeschmetter
Erschüttert die blaue, die strahlende Luft.
Ihr schollt, Apenninen,
Von hellen Klarinen
Und klangt bis in eure verborgenste Schluft!

Doch hartes Bedenken!
Da gab's keine Schenken
Für durstige Gaumen und siedendes Blut.
Herr Ludwig ruft munter:
»Bald geht es bergunter!«
Und reißt an dem Seil in der sengenden Glut.

Wie kicherte Flore,
Wie höhnte Aurore,
Erblickten hemdärmlig den Ritter sie hier!
Mit keuchender Lunge,
Mit lechzender Zunge,
Den zierlichen Helden an Fest und Turnier!

Noch einmal geschoben,
Und jetzt sind sie oben!
Sie rasten, auf glühende Felsen gestreckt,

Und sehen mit Weiden
Und goldnen Getreiden
Die fette lombardische Fläche bedeckt.

Der Liebling der Frauen
Nahm, sich zu beschauen,
In Züchten sein silbernes Spieglein hervor,
Besah in der Wildnis
Sein schreckliches Bildnis
Und fluchte: »Potz Blitz! Ich bin Ludwig der Mohr!«

Die Seitenwunde

Über ihre Tore statt der Muse
Meißeln die Baglioni die Meduse,
Und an ihren grausen Hochzeitfesten
Kämpft der Bräutigam mit seinen Gästen.

Heute liegen wieder sie wie Garben:
Blutsgenossen, die, sich würgend, starben!
Wo des Bruderhasses Fackel brannte,
Sucht das Kind und findet's Atalante.

Niederstarrend, auf das Knie gesunken,
Hebt des Sohnes Haupt sie jammertrunken,
Drüber hebt sie die geballte Rechte,
Daß sie fluche diesem Mordgeschlechte ...

Ihres Knaben Haupt, ein blondes ist es,
Wie das dorngekrönte Haupt des Christes!
Wie des Christes Haupt ist's ein erbleichtes,
Auf die Schulter friedevoll geneigtes!

Ihrem Knaben steht die Seite offen,
Wo der Speer Longins den Herrn getroffen ...

Haß und Fluch erlischt auf ihrem Munde,
Sie verehrt die heilge Seitenwunde ...

Cäsar Borjas Ohnmacht

Wer bin ich? Einer, welcher unterging,
Den Kranz im Haar, den Becher in der Faust,
Mit einem herkulanischen Gelag
Von einem ungeheuren Sturz bedeckt?
Ich weiß den Becher nur und meinen Sturz ...
Im Belvedere ... Gestern ... Am Bankett ...
Den Becher, ihn kredenzte schlürfend mir
Der Papst, der ewig heiter lächelnde,
Denn Cäsar Borja bin ich, Sohn des Papsts!

Die Ampel über meinem Lager kämpft
Mit eines neuen Tages fahlem Schein ...
Ob's gestern oder ehegestern war,
Ich weiß es nicht, doch eines weiß ich wohl:
In jenem Becher gor der Borja Gift.
Er galt dem Gast, dem Bischof. Selbst gewürzt
Hat sich der Vater ewgen Schlummers Trunk!
Ein Becher ward verwechselt. Warum nicht?
Verrat des Schenken? Zufall? ... Es geschah.
Ich lebe. Meine Drachenkraft bezwang
Das Drachengift. Die Stunde ruft. Zur Tat!
Leer steht ein Thron und eine Krone rollt.
Verbraucht ist das Apostelmärchen. Weg
Damit! Der Vater war der letzte Papst!
Ein König folgt ihm nach und der bin ich.
Entscheidungsstunde, nicht erschreckst du mich,
Ich habe lange dich voraus bedacht:
Entlarve mir dein kühnes Angesicht!
Du heißest Heute! Kämmrer, gib das Schwert!
Reif stehn die Ernten und die Sichel blitzt.

Marsch, meine Banden! Richtet das Geschütz
Auf des Konklave Kammern! Suchst du mich,
Hauptmann? Im Borgo, sagst du, wird gekämpft?
Ich komme! Ich vertausendfache mich!
Ich steige mordend auf das Kapitol
Und mit Italiens Krone krön ich mir
Dies Haupt, das seine Frevel überragt!

Ich träume nur und komme nicht vom Platz.
Sturmlaufend, bleib ich eingewurzelt stehn.
Gelähmte Sehnen! Meuchlerisches Gift!
Auf einem Krankenlager krümm ich mich.
Kein Diener hier! Kein Arzt an meinem Pfühl!
Mietlinge! Meine Stunde schwebt vorbei,
Mit fliehndem Fuß berührt sie spottend mir
Die Faust, die ein erdichtet Schwert umkrampft.
Verweile, Schicksalsstunde! ... Doch sie schwebt.
Ich fühle meiner Feinde heimlich Werk:
Sie schaufeln, sie minieren, während ich,
Geschleudert aus der Schranke, liege ... Dort!
Die grüne Feuerkugel! Ein Signal
Von meinen Banden? Nein, ein Meteor
Zuckt flüchtig durch die schwüle Sommernacht.
Hier über Romas Kuppeln loht es auf:
Nahn fackelschwingend meine Banden sich?
Nein, es ist Borjas Glück, das flammt und brennt,
Und seine Zinnen stürzen! Wehe mir!
Dem Valentino netzt die Wimper sich ...
Pfui! Ist das eines Weibes Augenlid?

Verzweiflung! Göttin! Stähle meinen Leib!
Ich winde mich von meinem Lager auf,
Ich schreite ... qualvoll ... doch ich schreite. Bei
Der nackten Hölle, Sehnen, strammet euch! ...
Verdammnis! ... Wieder lieg ich hingestreckt ...
Und ein erdolchter Knabe fesselt mich
Mit Ringen an den Stein ... Dort gafft ein Weib,

Die Haare triefend, mit geschwollnem Hals ...
Blutlose Brut! Weg in des Tibers Grab! ...
Aus allen Wänden quillt es schwarz hervor
Und dunkelt über mir ... Unsagbar Graun ...

Papst Julius

Halb vom Hades schon bezwungen,
Von Lemuren schon umschwebt,
Hat er doch sich losgerungen –
Sieh, er atmet! Sieh, er lebt!
Hinter seinen greisen Brauen
Flammt's! Jetzt langt er nach dem Bart,
Zürnt und schilt den Tod mit rauhen
Ungestümen Worten hart:

»Weg mir aus dem Angesichte,
Larven, die mir bleich gedroht!
Charon, aus dem Sonnenlichte
Weg ins Schilf mit deinem Boot!
Keine Macht ist dir gegeben,
Bis ich selbst dich rufen mag!
Heute hab ich noch zu leben
Einen vollgedrängten Tag!

Arzt, statt deiner faden Tropfen
Gib mir des Falerners Glut!
Lasse meine Pulse klopfen,
Wirf mir Feuer in das Blut!
Auf die Türen! Weg die Kissen!
Meine Feldherrn, tretet ein!
Meine Meister, laßt sie wissen,
Daß sie dreifach emsig sei'n!

Regst, Bramante, die geschickten
Hände du? Vollende doch!
Diese Augen, sie erblickten
Gerne deine Kuppel noch!
Michelangelo, willkommen!
Warum schaust du wieder scheel?
Dort erblick ich meinen frommen,
Meinen süßen Raphael!

Als den Hirten nicht des Lammes,
Bildet mich als Mosen ab,
Der den Dränger seines Stammes
Niederschlug mit wuchtgem Stab –
Wo die Wasserstürze tosen
In die Brunnenschale jach,
Setzet, Meister, mich als Mosen,
Der die Felsenwand zerbrach!

Moses bin ich in dem Blitze
Sinais, in Rauch und Dampf:
Meine donnernden Geschütze
Enden flammend jeden Kampf!
Mit den neugegoßnen Stücken
Bring ich Burg und Stadt zu Fall,
Schmettre Breschen, breche Lücken
In den stärksten Mauerwall!

Falkner, sprich, was macht mein Sperber,
Der die Klaue sich zerstieß?
Marschalk, sag, wie lebt mein Berber,
Den zu scharf ich jagen ließ?
Tummelt, Diener, zum Ergötzen
Mir im Hof ein feurig Tier!
Laßt es springen, laßt es setzen
Vor den alten Augen mir!

Helmt mir die gefurchte Stirne!
Harnischt mir die welke Hand!

Der Italien macht zur Dirne,
Jagt den Fremdling aus dem Land!
Reicht ein Schwert! Ich will es retten!
Ruft, Drommeten, ruft zur Schlacht!
In der Faust zerrißne Ketten,
Schreit ich durch des Hades Nacht!«

In der Sistina

In der Sistine dämmerhohem Raum,
Das Bibelbuch in seiner nervgen Hand,
Sitzt Michelangelo in wachem Traum,
Umhellt von einer kleinen Ampel Brand.

Laut spricht hinein er in die Mitternacht,
Als lauscht' ein Gast ihm gegenüber hier,
Bald wie mit einer allgewaltgen Macht,
Bald wieder wie mit seinesgleichen schier:

»Umfaßt, umgrenzt hab ich dich, ewig Sein,
Mit meinen großen Linien fünfmal dort!
Ich hüllte dich in lichte Mäntel ein
Und gab dir Leib, wie dieses Bibelwort.

Mit wehnden Haaren stürmst du feurigwild
Von Sonnen immer neuen Sonnen zu,
Für deinen Menschen bist in meinem Bild
Entgegenschwebend und barmherzig du!

So schuf ich dich mit meiner nichtgen Kraft:
Damit ich nicht der größre Künstler sei,
Schaff mich – ich bin ein Knecht der Leidenschaft –
Nach deinem Bilde schaff mich rein und frei!

Den ersten Menschen formtest du aus Ton,
Ich werde schon von härterm Stoffe sein,
Da, Meister, brauchst du deinen Hammer schon,
Bildhauer Gott, schlag zu! Ich bin der Stein.«

Der Schreckliche

Benvenuto, sprich, was schmiedest
Du wie rasend in der Werkstatt?
Welches ungeheure Kunstwerk?
»Messer! Scharfe, feine Messer!«

Benvenuto, sprich, was prahlst du?
Welche ungeheure Lüge
Tischest auf du den Gesellen?
»Ich bin stummer als ein Fischchen.«

Benvenuto, sprich, was drohst du?
Welche ungeheure Mordtat,
Die vor Abend du begehn wirst?
»Ich bin frömmer als ein Lämmlein.«

Benvenuto bringt die Eisen
Meister Jakob von Perugia,
Der den kranken Finger schneidet
Dem geduldgen Kind des Goldschmieds.

Benvenutos glühnde Blicke
Folgen jedem Schnitt des Stahles.
»Raffaella, schmerzt mein Messer?«
»Nein, es schmerzt nicht, Benvenuto.«

Pergoleses Ständchen

Nina, laß den Schlummer fahren!
Bist du denn gestorben, ach?
Bist du tot in jungen Jahren?
Horch, die Liebe ruft! Erwach!

Aus dem Schlummer sie zu wecken,
Der vor Tod und Sterben graut,
Mischt der Meister einen Schrecken
In den süßen Liebeslaut.

Willst du schweigen! haucht's im Düster,
Ich bin blühend, bin gesund!
Küsse mich, sagt das Geflüster,
Fühle meinen frischen Mund!

Und der Wohllaut des Gesanges
Ward von Stadt und Land belobt,
Und die Macht des Liebezwanges
Ward vom jungen Volk erprobt:

Nina, laß den Schlummer fahren!
Bist du denn gestorben, ach?
Bist du tot in jungen Jahren?
Horch, die Liebe ruft! Erwach!

Da geschah's, daß eine schwarze
Wolke über Napel glitt
Und der Tod sich eine volle
Garbe blühnder Jugend schnitt.

Sant' Agnese flammt von Kerzen,
Nina schlummert am Altar,
Pergolese spielt das Requiem
Auf der Orgel wunderbar.

In das Hallen der Posaunen,
In das Rufen, in das Drohn,
In das Zürnen mischt der Meister
Einen süßen Liebeston:

Nina, laß den Schlummer fahren!
Bist du denn gestorben, ach?
Bist du tot in jungen Jahren?
Horch, die Liebe ruft! Erwach!

Auf Ponte Sisto

Süß ist das Dunkel nach Gluten des Tags! Auf dämmernder Brücke
  Schau ich die Ufer entlang dieser unsterblichen Stadt.
Burgen und Tempel verwachsen zu *einer* gewaltigen Sage!
  Unter mir hütet der Strom manchen verschollenen Hort.
Dort in der Flut eines Nachens Gespenst! Ist's ein flüchtiger Kaiser?
  Ist es der »Jakob vom Kahn«*, der Buonarroti geführt?
Gellend erhebt sich Gesang in dem Boot zum Ruhme des Liebchens.
  Horch! Ein lebendiger Mund fordert lebendiges Glück.

Chor der Toten

Wir Toten, wir Toten sind größere Heere
Als ihr auf der Erde, als ihr auf dem Meere!
Wir pflügten das Feld mit geduldigen Taten,
Ihr schwinget die Sicheln und schneidet die Saaten,

* In den dreißiger Jahren des sechzehnten Jahrhunderts setzte Meister »Jakob vom Kahn« zwischen Ponte Sisto und S. Angelo die Leute über den Tiber.

Und was wir vollendet und was wir begonnen,
Das füllt noch dort oben die rauschenden Bronnen,
Und all unser Lieben und Hassen und Hadern,
Das klopft noch dort oben in sterblichen Adern,
Und was wir an gültigen Sätzen gefunden,
Dran bleibt aller irdische Wandel gebunden,
Und unsere Töne, Gebilde, Gedichte
Erkämpfen den Lorbeer im strahlenden Lichte,
Wir suchen noch immer die menschlichen Ziele –
Drum ehret und opfert! Denn unser sind viele!

IX

Männer

Lutherlied

Ein Knabe wandert über Land
In einem schlichten Volksgewand,
Gewölke quillt am Himmel auf,
Er blickt empor, er eilt den Lauf,
Stracks fährt ein Blitz mit jähem Licht
Und raucht an seiner Ferse dicht –
So ward getauft an jenem Tag
Des Bergmanns Sohn vom Wetterschlag.

Schmal ist der Klosterzelle Raum,
Drin lebt ein Jüngling dumpfen Traum,
Er fleißigt sich der Möncherei,
Daß er durch Werke selig sei,
Ein Vöglein blickt zu ihm ins Grab,
»Luthere«, singt's, »wirf ab, wirf ab!
Ich flattre durch die lichte Welt,
Derweil mich Gottes Gnade hält.«

In Augsburg war's, daß der Legat
Ein Mönchlein auf die Stube bat,
Er war ein grundgelehrtes Haus,
Doch kannt' er nicht die Geister aus,
Des Mönchleins Augen brannten tief,
Daß er: »Es ist der Dämon!« rief –
Du bebst vor diesem scharfen Strahl?
So blickt die Wahrheit, Kardinal!

Jetzt tritt am Wittenberger Tor
Ein Mönch aus allem Volk hervor:
Die Flamme steigt auf seinen Wink,

Die Bulle schmeißt hinein er flink,
Wie Paulus schlenkert' in den Brand
Den Wurm, der ihm den Arm umwand,
Und über Deutschland einen Schein
Wie Nordlicht wirft das Feuerlein.

In Worms sprach Martin Luther frank
Zum Kaiser und zur Fürstenbank:
»Such, Menschenherz, wo du dich labst!
Das lehrt dich nicht Konzil noch Papst!
Die Quelle strömt an tiefrem Ort:
Der lautre Born, das reine Wort
Stillt unsrer Seelen Heilsbegier –
Hier steh ich und Gott helfe mir!«

Herr Kaiser Karl, du warst zu fein,
Den Luther fandest du gemein –
Gemein wie Lieb und Zorn und Pflicht,
Wie unsrer Kinder Angesicht,
Wie Hof und Heim, wie Salz und Brot,
Wie die Geburt und wie der Tod –
Er atmet tief in unsrer Brust,
Und du begrubst dich in Sankt Just.

»Ein feste Burg« – im Lande steht,
Drin wacht der Luther früh und spät,
Bis redlich er und Spruch um Spruch
Verdeutscht das liebe Bibelbuch.
Herr Doctor, sprecht! Wo nahmt Ihr her
Das deutsche Wort so voll und schwer?
»Das schöpft' ich von des Volkes Mund,
Das schürft' ich aus dem Herzensgrund.«

Herr Luther, gut ist Eure Lehr,
Ein frischer Quell, ein starker Speer:
Der Glaube, der den Zweifel bricht,
Der ewgen Dinge Zuversicht,

Des Heuchelwerkes Nichtigkeit!
Ein blankes Schwert in offnem Streit! –
Ihr bleibt getreu trotz Not und Bann
Und jeder Zoll ein deutscher Mann.

Mit Freudenpulsen hüpft das Herz,
Mit Jubelschlägen dröhnt das Erz,
Kein Tal zu fern, kein Dorf zu klein,
Es fällt mit seinen Glocken ein –
»Ein feste Burg« – singt Jung und Alt,
Der Kaiser mit der Volksgewalt:
»Ein feste Burg ist unser Gott,
Dran wird der Feind zu Schand und Spott!«

Hussens Kerker

Es geht mit mir zu Ende,
Mein Sach und Spruch ist schon
Hoch über Menschenhände
Gerückt vor Gottes Thron,
Schon schwebt auf einer Wolke,
Umringt von seinem Volke,
Entgegen mir des Menschen Sohn.

Den Kerker will ich preisen,
Der Kerker, der ist gut!
Das Fensterkreuz von Eisen
Blickt auf die frische Flut,
Und zwischen seinen Stäben
Seh ich ein Segel schweben,
Darob im Blau die Firne ruht.

Wie nah die Flut ich fühle,
Als läg' ich drein versenkt,
Mit wundersamer Kühle

Wird mir der Leib getränkt –
Auch seh ich eine Traube
Mit einem roten Laube,
Die tief herab ins Fenster hängt.

Es ist die Zeit zu feiern!
Es kommt die große Ruh!
Dort lenkt ein Zug von Reihern
Dem ewgen Lenze zu,
Sie wissen Pfad und Stege,
Sie kennen ihre Wege –
Was, meine Seele, fürchtest du?

Der Landgraf

Mir sitzt zu Hause, jung gezähmt
Und leicht gelähmt,
Ein Steinaar im Verließe,
Der martert sich den Hals zu drehn,
Ins Blau zu sehn,
Aus dem er gerne stieße.

So streck ich Landgraf ebenfalls
Den Kopf und Hals
Wohl durch das Kerkergitter,
Ob etwas auf der Straße zieht
Für mein Gemüt,
Ein Schüler oder Ritter.

Der Kaiser, der vergichtet ist,
Drum gerne mißt
Die Kost der harschen Lüfte,
Vergaß, wie schwer ein ganzer Mann
Entraten kann
Das Jagdhorn an der Hüfte.

Ich wurde hinterrücks gefällt,
Ein Netz gestellt
Ward mir mit falschen Schriften!
Wer mir mit lächelndem Gesicht
Die Treue bricht,
Der kann mich auch vergiften!

Wär' ich ein römisch blöder Mann,
Ich wähnte dann:
Damit hätt' ich's verbrochen,
Daß triumphierend ich hinaus
Zum Gotteshaus
Schmiß Mühmchen Lisbeths Knochen!*

Jüngst warf ich auf den Festungsrain
Ein Stüberlein
Dem Bettler hin, dem lahmen:
Den schlug der Spanier bis aufs Blut –
Mich fraß die Wut –
Der Teufel hol' ihn! Amen!

Wohl läg' ich besser auf dem Feld –
Ade, du Welt! –
Gewundet und erstochen!
Wie Meister Ulrich Zwingli lag
Am grünen Hag,
Den hellen Blick gebrochen!

Nur tröstet mich das Eine doch:
Das päpstlich Joch
Ist in den Dreck getreten!
Wir dürfen ohne Klerisei
Und Heuchelei
Getrost zum Herrgott beten!

* Die Reliquien der heiligen Elisabeth.

Der Rappe des Komturs

Herr Konrad Schmid legt' um die Wehr,
Man führt' ihm seinen Rappen her:
»Den Zwingli laß ich nicht im Stich,
Und kommt ihr mit, so freut es mich.«
Da griffen mit dem Herren wert
Von Küßnach dreißig frisch zum Schwert:
Mit Mann und Roß im Morgenrot
Stieß ab das kriegbeladne Boot.
Träg schlich der Tag; dann durch die Nacht
Flog Kunde von verlorner Schlacht.
Von drüben rief der Horgnerturm,
Bald stöhnten alle Glocken Sturm,
Und was geblieben war zu Haus,
Das stand am See, lugt' angstvoll aus.
Am Himmel kämpfte lichter Schein
Mit schwarzgeballten Wolkenreihn.
»Hilf Gott, ein Nachtgespenst!« Sie sahn
Es drohend durch die Fluten nahn.
Wo breit des Mondes Silber floß,
Da rang und rauscht' ein mächtig Roß,
Und wilder schnaubt's und näher fuhr's ...
»Hilf Gott, der Rappe des Komturs!«
Nun trat das Schlachtroß festen Grund,
Die bleiche Menge stand im Rund.
Zur Erde starrt' sein Augenstern,
Als sucht' es dort den toten Herrn ...
Ein Knabe hub dem edeln Tier
Die Mähne lind: »Du blutest hier!«
Die Wunde badete die Flut,
Jetzt überquillt sie neu von Blut,
Und jeder Tropfen schwer und rot
Verkündet eines Mannes Tod.
Die Komturei mit Turm und Chor
Ragt weiß im Mondenglanz empor.
Heim schritt der Rapp das Dorf entlang,

Sein Huf wie über Grüften klang,
Und Alter, Witwe, Kind und Maid
Zog schluchzend nach wie Grabgeleit.

Die spanischen Brüder

»Da find ich dich! In Wintergraus
Hält dich ein deutsches Donaunest,
Ein schneebelastet Giebelhaus,
Kind einer heißen Sonne, fest.

Was treibst du hier? Mit toller Brunst
Bohrst du dich in Folianten ein?
Vom Teufel kommt die schwarze Kunst!
Griechisch? Die Kirche spricht Latein!

Darüber sitzest, Nacht um Nacht,
Du auf? Noch qualmt der Lampe Docht!
Auch siehst du bleich und überwacht,
Der sonst so weidlich ritt und focht!

Du darbst? Du meidest jede Lust?
Von allem Denken mach dich frei!
Verbrenn an einer warmen Brust,
Ertränk in Wein die Ketzerei!

Ergreife Schwert und Eisenhut!
Dem Spanier ward die Welt zum Raub!
Nach Flandern! Eh dein Edelblut
Versiegt in ekelm Bücherstaub!

Mein Bruder Juan, komm mit mir,
Beflecke nicht der Diaz Ruhm!
Ersäuf im Guadalquivir
Das gottverdammte Luthertum!

In Wittenberg hast du – absurd! –
Auf einer Schule Bank gehockt!
Bei diesem Dolch an meinem Gurt,
Ich morde den, der dich verlockt!

Der Vater ist ein alter Christ
Und sähe lieber dich im Grab!
Die Mutter, welche gläubig ist –
Der Mutter drückst das Herz du ab!

Nie hat ein Diaz falsch geglaubt!
Nicht wahr? *Uns* tust du nicht die Schmach,
Geliebter Bruder, teures Haupt!
Ich eilte deinen Schritten nach!

Juan, ich reiße dich heraus
Mit dieser meiner Arme Kraft!
Die Rosse stampfen vor dem Haus,
Geführt von meiner Dienerschaft.

Du schweigst? Bekenn mir, ob's geschah!
Tatst du den Schritt? Du schüttelst: Nein!
Wirst du ihn tun? Ja? Du nickst: Ja? . . .
Juan, es muß geschieden sein!«

Eng hält den Bruder er umfaßt,
Bang stöhnend senkt er Blick in Blick,
Küßt, küßt ihn noch einmal in Hast –
Und stößt den Dolch ihm durchs Genick.

Er hält den Bruder lang im Arm,
Mit unerschöpften Tränen netzt
Und badet er den Toten warm:
»Noch starbest als ein Christ du jetzt!«

Das Auge des Blinden

Durch das Marktgedräng von Namur
Stelzt ein narbger armer Krüppel.
»Leute, bringt mich zu Don Juan!«
»Schweigst du wohl, da ist Don Juan!

Schweigst du wohl, da ist Don Juan!«
In des Volkes Gasse reitet
Ein Gespenst am hellen Tage:
Don Juan der Österreicher –

Don Juan der Österreicher,
Der im Wein das Gift getrunken
König Philipps, seines Bruders,
Und Don Juan kennt den Mörder.

Seinen Mörder kennt Don Juan,
Auch den armen Krüppel kennt er,
Der den Bügel ihm betastet,
Der die Hand ihm deckt mit Küssen –

Der ihm deckt die Hand mit Küssen:
»Bin zerfetzt wie eine Fahne!
Wohne jetzt in Barcelona –
Braves Volk, bei meiner Ehre!

Braves Volk, bei meiner Ehre:
›Alter, leere dieses Glas mir!‹
›Alter, kanntest du Don Juan?‹
›Sprich uns immer von Don Juan!‹

Immer sprech ich von Don Juan!
In den Schenken an dem Hafen
Gab ich tausendmal zum besten
Die Viktorie von Lepanto!

Die Viktorie von Lepanto
Gab ich tausendmal zum besten ...
Hergestelzt bin ich nach Flandern
Zu dem Abgott meines Lebens!

O du Freude meines Lebens!
Sohn des Kaisers! Kind des Glückes!
Deines Volkes Held und Liebling!
Ruhmgekrönter junger Feldherr!

Ruhmgekrönter junger Feldherr
Mit den goldnen Ringelhaaren,
Mit den strahlend blauen Augen,
Eia schöner Engel Gottes!

Eia schöner Engel Gottes ...«
Durch die Menge, die des Todes
Bild betrachtet, geht ein Schauder.
Juan der gespenstig bleiche,

Juan der gespenstig bleiche
Sucht erstaunt das Aug des Krüppels –
Ist es trunken? Loht's im Wahnsinn?
Es ist leer. Es ist erloschen.

Es ist leer. Es ist erloschen.
Don Juans zerstörte Jugend
Blüht in eines Blinden Auge
Fort in unversehrter Schönheit.

Die verstummte Laute

Sie mochte gern an seiner Schulter lehnen
In einem weichen Abenddämmerlicht,
Sie barg vor ihm das Rieseln ihrer Tränen,

Den halbenthüllten Reiz der Seele nicht:
»Freund, einzger Freund auf diesem düstern Eiland.
Ich welke! Chastelard, auch du bist bleich!
Schlag deine Laute! Singe mir von weiland!
Von meinem ersten Königreich!«

Er stürmte durch die Saiten: »Jener Tage
Ins Meer gesunkne Sonnen sind verblaßt!
Maria Stuart! Ich erhebe Klage,
Daß du geschluchzt an meinem Herzen hast!
Mit deinen Tränen bade hier dem reinen,
Entseelten Gott die Marmorfüße bleich –
Weib, sündlich ist's vor einem Menschen weinen
Mit diesen Augen warm und weich!

Was war ich dir? Der nichtige Vertraute!
Ein Echo, das von deinen Seufzern scholl!
Ein Spiegel, drin sie eitel sich beschaute,
Die Zähre, die dir an der Wimper quoll!
War dir die Laute nur, darauf zu breiten
Die Fingerspitzen, und ich hallte schön –
Ich hasse dich!« Er riß entzwei die Saiten
Mit einem gellen Mißgetön.

Er floh davon, hinaus in Wald und Wildnis,
Doch wo er lechzend schlürft' aus einem Quell,
Sah er im Brunnen ein geliebtes Bildnis
Aus naher Tiefe schimmern dunkelhell,
Sah er ein blasses Angesicht in Zähren,
Es schwand und blickte wiederum empor,
Von Sehnen und Erfüllen und Gewähren
Rauscht's um den Born in Schilf und Rohr.

»Maria!« so beginnt in ihrer Kammer
Am Lager knieend sie das Nachtgebet,
»Maria!« wiederholt voll Glut und Jammer
Ein Mund, der neben ihr im Dunkel fleht.

Sie schreit. Man kommt. Von Fackelglut gerötet
Bebt sie vor Zorn: »Ein Mörder! Fesselt ihn!«
Er lächelt: »Ist sie schön! Auch wenn sie tötet!«
  Und gibt den Schergen sich dahin.

Er schreitet seinem Blutgerüst entgegen
In einem klaren kühlen Morgenrot,
Mit hohlen Blicken flüstert angelegen
Als hagrer Pater der vermummte Tod:
»Freund, du bekommst es gut! Du wirst entlastet!
Ich absolviere dich von Lust und Pein!
Von keiner weichen weißen Hand betastet,
  Wirst du die stumme Laute sein!«

Das Weib des Admirals

Auf mondenhellem Lager wälzt ein Weib,
Ein schlummerloses, sich: »O banger Pfühl!
Auch du, mein sorgender Gemahl, du wachst!
Wer dürfte schlafen? Horch, die Folter stöhnt ...
Erwürgte modern ohne Leichentuch,
Sieh unser Linnen, Chatillon, wie fein!
Gen Himmel schreit der Märtrer frommes Blut,
Ich schreie, Herr, in deinen Armen mit!
Mein Held, ich rede Zeugnis gegen dich
Vor Gott, entrollest du dein Banner nicht!«
Sie schweigt in düstrer Glut. Er sinnt und sagt:
»Erwäge, Weib, die Schrecken, die du wählst!
Dies Haus in Rauch und Trümmern! Dies mein Haupt
Verfemt, dem Meuchelmord gezeigt – geraubt!
Entehrt dies Wappen von des Henkers Hand!
Du mit den Knaben bettelnd auf der Flucht!
Wählst du dir solches? Nimm drei Tage Frist!«
»Drei Tage Frist? Sie sind vorbei. Brich auf!«

Hugenottenlied

In die Schule bin ich gangen
Bei dem Meister Hans Calvin,
Lehre hab ich dort empfangen:
Vorbestimmt ist alles ewighin!
Jeder volle Wurf im Würfelspiele,
Jeder Diebestritt auf Liebchens Diele,
Jeder Kuß –
Schicksalsschluß!

Dann bin ich zu Roß gestiegen
Mit dem Hauptmann Des Adrets,
Der das Kindlein in der Wiegen
Würgt und sich ergötzt an Qual und Weh!
Jeder First, der raucht und dampft und lodert,
Jeder Tote, der im Graben modert,
Jeder Schuß –
Schicksalsschluß!

Die Karyatide

Im Hof des Louvre trägt ein Weib
Die Zinne mit dem Marmorhaupt,
Mit einem allerliebsten Haupt.
Als Meister Goujon sie geformt
In feinen Linien, überschlank,
Und stehend auf dem Baugerüst
Die letzte Locke meißelte,
Erschoß den Meister hinterrücks
(Am Tag der Saint-Barthelemy)
Ein überzeugter Katholik.
Vorstürzend überflutet' er
Den feinen Busen ganz mit Blut,
Dann sank er rücklings in den Hof.

Die Marmormagd entschlummerte
Und schlief dreihundert Jahre lang,
Ein Feuerschein erwärmte sie
(Am Tag, da die Kommüne focht),
Sie gähnt' und blickte rings sich um:
Wo bin ich denn? In welcher Stadt?
Sie morden sich. Es ist Paris.

Mourir ou parvenir!

Herr Heinrich Guise schrieb. Da rauscht' Gewand –
Es war sein Lieb, das aus der Kirche kam,
Sein zärtlich Lieb, dem schäkernd aus der Hand
Er das mit Gold beschlagne Meßbuch nahm.
Er blättert' drin. Hell war's von Farbenglut
Und keckverschlungner Arabeskenzier –
»Geliebter, dich verdirbt dein Übermut!
    Hinweg! Entflieh von hier!

Du bist zu hoch! Der König, feig und schlau,
Bebt wie ein Kind vor deinen mächtgen Brau'n!
Dich haßt er tödlich – glaub es einer Frau!
Ihn sah ich lächeln jüngst – mich schüttelt Graun!«
Zur Feder griff er. »Flora, schlanke Fei!
Wie könnt' ich leben«, seufzt' er, »fern von dir?«
Und schrieb ins Meßbuch, wo die Zeile frei:
    Mourir –

»Versuche Gott nicht! Das Verderben reift!
Hinweg aus Blois! Mein Alles, Schmerz und Lust!
Ich weiß: in diesem Augenblicke schleift
Der Meuchelmord ein Schwert für deine Brust!«
In ihrem Büchlein schrieb er ruhig fort,
Soviel ihm Raum gewährte das Papier,
Als wär's ein auferbaulich Bibelwort:
    – Ou parvenir!

»Mich so zu quälen! Schlimm hat mir geträumt!
Mein Gott! Du wandest dich in Todesschmerz!
Hinweg! Jetzt! Heute! Hörst du? Nicht gesäumt!«
Die Bange zog er kosend an das Herz,
Sie senkte des betränten Auges Glanz –
In kühnen Zügen stand der Spruch vor ihr,
Umrankt von einem üppgen Blumenkranz:
Mourir ou parvenir!

Das Reiterlein

Das Bächlein nimmt nach der Loire den Gang,
An beiden Seiten
Auf und ab, die Ufer entlang
Spähn sie und reiten.
Sie sind sich so nahe! Sie sind sich so fern!
»Bon jour, meine Herrn!«
Grüßt keck eine Stimme.

Ein feurig unbändig Reiterlein
Springt ab behende,
Setzt rechts ein Bein und links ein Bein
In beide Gelände:
»Groß ist der Sonne Glut –
Herrn, meint Ihr's gut,
Schafft eins zu trinken!«

Rechts kommt ein Pokal und links ein Pokal
Von verschiedener Helle,
Der: schäumender Champagnerstrahl,
Der andere: Purpurwelle –
»Katholik? Calvinist?
Hier ein Christ! Dort ein Christ!«
Er schlürft aus beiden Bechern.

»Mit streitender Theologie
Mach ich mir nichts zu schaffen,
Den Guisen überlaß ich sie,
Den Weibern und den Pfaffen!
Pred'gerrock? Meßgewand?
Stich und Schuß! Mord und Brand!
Ins Meer geschwemmte Leichen!

Bekennt mir, Herren, frei und frank:
Wie tut Ihr, wann Ihr dürstet?
Ihr setzt Euch rittlings auf die Bank
Und ruft nach Wein und bürstet!
Zug und Schluck! Schluck und Zug!
Noch ein Trunk! Nie genug!
Die einen wie die andern.

Genießt Ihr wonn'ge Minnelust
Nach Dogmen oder Schulen?
Kost alle nicht Ihr Brust an Brust
Mit Euren trauten Buhlen?
Tört Ihr nicht? Trügt Ihr nicht?
Schwört Ihr nicht? Lügt Ihr nicht?
Die einen wie die andern.

Drum lassen wir auf sich bestehn
Die Lehren, die uns trennten,
Da wir erbaulich einig gehn
In allen Elementen:
Erntefest! Winzertanz!
Ährenkranz! Traubenkranz!
Feldruhm und edle Waffen!«

Spricht's und es fährt ein elektrischer Schlag
Rundum und setzt alles in Flammen:
Frankreich hoch! Freudetag!
Heut wächst es zusammen!
Sie springen ins Wasser, sie waten im Fluß,

Sie spitzen die bärtigen Lippen zum Kuß,
Sie fallen sich all in die Arme.

Der Kleine drückt und küßt und herzt
Sie alle wie alte Bekannte.
»Wie aber, Herren, steht es«, scherzt
Er, »mit dem Proviante?
Alles her! Fleisch oder Fisch!
Ihr seid geladen heut zu Tisch
Bei Heinrich von Navarra.«

Die Füße im Feuer

Wild zuckt der Blitz. In fahlem Lichte steht ein Turm.
Der Donner rollt. Ein Reiter kämpft mit seinem Roß,
Springt ab und pocht ans Tor und lärmt. Sein Mantel saust
Im Wind. Er hält den scheuen Fuchs am Zügel fest.
Ein schmales Gitterfenster schimmert goldenhell
Und knarrend öffnet jetzt das Tor ein Edelmann ...

»Ich bin ein Knecht des Königs, als Kurier geschickt
Nach Nîmes. Herbergt mich! Ihr kennt des Königs Rock!«
»Es stürmt. Mein Gast bist du. Dein Kleid, was kümmert's mich?
Tritt ein und wärme dich! Ich sorge für dein Tier!«
Der Reiter tritt in einen dunkeln Ahnensaal,
Von eines weiten Herdes Feuer schwach erhellt,
Und je nach seines Flackerns launenhaftem Licht
Droht hier ein Hugenott im Harnisch, dort ein Weib,
Ein stolzes Edelweib aus braunem Ahnenbild ...
Der Reiter wirft sich in den Sessel vor dem Herd
Und starrt in den lebendgen Brand. Er brütet, gafft ...
Leis sträubt sich ihm das Haar. Er kennt den Herd, den Saal ...
Die Flamme zischt. Zwei Füße zucken in der Glut.

Den Abendtisch bestellt die greise Schaffnerin
Mit Linnen blendend weiß. Das Edelmägdlein hilft.
Ein Knabe trug den Krug mit Wein. Der Kinder Blick
Hangt schreckensstarr am Gast und hangt am Herd
entsetzt...
Die Flamme zischt. Zwei Füße zucken in der Glut.
»Verdammt! Dasselbe Wappen! Dieser selbe Saal!
Drei Jahre sind's ... Auf einer Hugenottenjagd ...
Ein fein, halsstarrig Weib ... ›Wo steckt der Junker?
Sprich!‹
Sie schweigt. ›Bekenn!‹ Sie schweigt. ›Gib ihn heraus!‹ Sie
schweigt.
Ich werde wild. *Der* Stolz! Ich zerre das Geschöpf ...
Die nackten Füße pack ich ihr und strecke sie
Tief mitten in die Glut ... ›Gib ihn heraus!‹ ... Sie
schweigt ...
Sie windet sich ... Sahst du das Wappen nicht am
Tor?
Wer hieß dich hier zu Gaste gehen, dummer Narr?
Hat er nur einen Tropfen Bluts, erwürgt er dich.«
Eintritt der Edelmann. »Du träumst! Zu Tische, Gast ...«

Da sitzen sie. Die drei in ihrer schwarzen Tracht
Und er. Doch keins der Kinder spricht das Tischgebet.
Ihn starren sie mit aufgerißnen Augen an –
Den Becher füllt und übergießt er, stürzt den Trunk,
Springt auf: »Herr, gebet jetzt mir meine Lagerstatt!
Müd bin ich wie ein Hund!« Ein Diener leuchtet ihm,
Doch auf der Schwelle wirft er einen Blick zurück
Und sieht den Knaben flüstern in des Vaters Ohr ...
Dem Diener folgt er taumelnd in das Turmgemach.

Fest riegelt er die Tür. Er prüft Pistol und Schwert.
Gell pfeift der Sturm. Die Diele bebt. Die Decke stöhnt.
Die Treppe kracht ... Dröhnt hier ein Tritt? ... Schleicht
dort ein Schritt? ...
Ihn täuscht das Ohr. Vorüberwandelt Mitternacht.

Auf seinen Lidern lastet Blei und schlummernd sinkt
Er auf das Lager. Draußen plätschert Regenflut.

Er träumt. »Gesteh!« Sie schweigt. »Gib ihn heraus!« Sie schweigt.
Er zerrt das Weib. Zwei Füße zucken in der Glut.
Aufsprüht und zischt ein Feuermeer, das ihn verschlingt ...
»Erwach! Du solltest längst von hinnen sein! Es tagt!«
Durch die Tapetentür in das Gemach gelangt,
Vor seinem Lager steht des Schlosses Herr – ergraut,
Dem gestern dunkelbraun sich noch gekraust das Haar.

Sie reiten durch den Wald. Kein Lüftchen regt sich heut.
Zersplittert liegen Ästetrümmer quer im Pfad.
Die frühsten Vöglein zwitschern, halb im Traume noch.
Friedsel'ge Wolken schwimmen durch die klare Luft,
Als kehrten Engel heim von einer nächtgen Wacht.
Die dunkeln Schollen atmen kräftgen Erdgeruch.
Die Ebne öffnet sich. Im Felde geht ein Pflug.
Der Reiter lauert aus den Augenwinkeln: »Herr,
Ihr seid ein kluger Mann und voll Besonnenheit
Und wißt, daß ich dem größten König eigen bin.
Lebt wohl. Auf Nimmerwiedersehn!« Der andre spricht:
»Du sagst's! Dem größten König eigen! Heute ward
Sein Dienst mir schwer ... Gemordet hast du teuflisch mir
Mein Weib! Und lebst! ... Mein ist die Rache, redet Gott.«

Die Rose von Newport

Sprengende Reiter und flatternde Blüten,
Einer voraus mit gescheitelten Locken –
Ist es der Lenz auf geflügeltem Renner?
Karl ist's, der Jüngling, der Erbe von England,
Und die sich nähern in goldener Mailuft,
Das sind die Giebel und Tore von Newport,

Drüber das Wappen der Stadt: eine Rose!
Jubelnde Gassen und jubelnde Wimpel
Und ein von treibender Jugend geschwelltes,
Jubelndes Herz in dem Busen des Stuart ...
Unter den blühenden Linden des Marktes
Schreitet ein Reigen von blühnden Gestalten,
Und eine Schönste mit herzlichem Beben
Bietet dem Prinzen die Rose von Newport:
»Seliges Gestern und Morgen und Heute,
Herr, dir die Rose von Newport bedeute!«

Morgen erzählen die Linden das Märchen
Von der entblätterten Rose von Newport.

Sprengende Reiter und wirbelnde Flocken,
Einer voraus mit verwilderten Haaren –
Ist es der Winter, der finstre Geselle?
Karl ist's, der Flüchtling, der König von England.
Seit er das Blut seines Volkes vergossen,
Reitet er neben zerschmetterndem Abgrund ...
Und die sich nähern in weißem Gestöber,
Das sind die Giebel und Tore von Newport,
Drüber das Wappen der Stadt: eine Rose!
Nirgend ein Jubel und nirgend ein Wimpel,
Polternde Hämmer und kreischende Feilen –
Und ein von eisernen Fäusten gepreßtes,
Ächzendes Herz in dem Busen des Stuart ...
Unter den frierenden Linden des Marktes
Bettelt ein Kind mit verschatteten Augen,
Bietet dem König ein dorrendes Röschen:
»Seliges Gestern und Morgen und Heute,
Herr, dir die Rose von Newport bedeute!«
Karl, der die Züge des Kindes betrachtet,
Schmal und gespenstig im Spiegel des Elends
Sieht er das eigene Antlitz und schaudert.

Morgen erzählen die Linden das Märchen
Von dem enthaupteten König in England.

Der sterbende Cromwell

Vor der Königsburg in nächtger Stunde
Knickt der Tod die Eichen in die Runde,
Drinnen sucht er dann ein zäher Leben
Aus den Wurzeln allgemach zu heben –
Whitehall ist Cromwells Sterbestätte,
Ein Waldenser kniet an seinem Bette!
»Herr, ich komm, ein Kind des welschen Tales,
Wo du bist der Schutzgott jedes Mahles,
Unsern Dank auf deine Knie' zu legen,
Leben, Cromwell, muß du unsertwegen!
Rom befehdet uns mit seinen Pfaffen,
Unser Herzog rüstet frevle Waffen
Gegen unser Tal, den lautern Glauben
Will er oder uns das Leben rauben!
Doch du sahst in deinen Schmerzensnächten
Uns gefoltert schon von Henkersknechten,
Und du hobest dich in Fieberschwüle,
Auf den Arm gestützt, empor vom Pfühle
Und du drohtest, über Meer gewendet –
Pfaffen, Henker blieben ungesendet.
Wenn wir, Cromwell, deine Söhne wären,
Herber könnten wir dich nicht entbehren!
Deine bangen Atemzüge geben
Uns den Odem, fristen *uns* das Leben.
Dennoch – wie du leidest, Herr – unsäglich –
Deine Qualen werden unerträglich?
Dennoch – ob uns Hartes sei beschieden –
Friedestifter, fahre hin in Frieden!«

Miltons Rache

Am Grab der Republik ist er gestanden,
Doch sah er nicht des Stuart Schiffe landen,

Ihn hüllt' in Dunkel eine güt'ge Macht:
Er ist erblindet! Herrlich füllt mit lichten
Gebilden und dämonischen Gesichten
Die Muse seines Auges Nacht...

Ein eifrig Mädchenantlitz neigt sich neben
Der müden Ampel, feine Finger schweben,
Auf leichte Blätter schreibt des Dichters Kind
Mit eines Stiftes ungehörtem Gleiten
Die Wucht der Worte, die für alle Zeiten
In Marmelstein gehauen sind...

Er spricht: »Zur Stunde, da« – Hohnrufe gellen,
Das Haupt, das blinde, bleiche, zuckt in grellen,
Lodernden Fackelgluten, zürnt und lauscht...
Durch Londons Gassen wandern um die Horden
Der Kavaliere, Schlaf und Scham zu morden,
Von Wein und Übermut berauscht:

»Schaut auf! Das ist des Puritaners Erker!
Der Schreiber hält ein blühend Kind im Kerker!
Der Schuhu hütet einen duftgen Kranz!
Wir schreiten schlank und jung, wir sind die Sünden
Und kommen ihr das Herzchen zu entzünden
Mit Saitenspiel und Reigentanz!

Vertreibt den Kauz vom Nest! Umarmt die Dirne!«
Geklirr! Ein Stein! ... Still blutet eine Stirne,
Den Vater schirmt das Mädchen mit dem Leib,
Die Bleiche drückt er auf den Schemel nieder,
Ein Richter, kehrt zu seinem Lied er wieder:
»Nimm deinen Stift, mein Kind, und schreib!

Zur Stunde, da des Lasterkönigs Knechte
Umwandern, die Entheiliger der Nächte...
Zur Stunde, da die Hölle frechen Schalls

Aufschreit, empor zu den erhabnen Türmen ...
Zur Stunde, da die Riesenstadt durchstürmen
Die blut'gen Söhne Belials .....«

So sang mit wunder Stirn der geisterblasse
Poet. Verschollen ist der Lärm der Gasse,
Doch ob Jahrhundert um Jahrhundert flieht,
Von einem bangen Mädchen aufgeschrieben,
Sind Miltons Rächerverse stehn geblieben,
Verwoben in sein ewig Lied.

Der Daxelhofen

Den Hauptmann Daxelhofen
Bestaunten in der Stadt Paris
Die Kinder und die Zofen
Um seines blonden Bartes Vließ –
Prinz Condé zog zu Felde,
Der Hauptmann Daxelhofen auch,
Da fuhr am Bord der Schelde
Der Blitz und quoll der Pulverrauch.

Die Lilienbanner hoben
Sich sachte weg aus Niederland
Und schoben sich und schoben
Tout doucement zum Rheinesstrand.
»Herr Prinz, welch köstlich Düften!
So duftet nur am Rhein der Wein!
Und dort der Turm in Lüften,
Herr Prinz, das ist doch Mainz am Rhein?

In meinem Pakt geschrieben
Steht: Ewig nimmer gegens Reich!
So steht's und ist geblieben
Und bleibt sich unverbrüchlich gleich!

Ich bin von Schwabenstamme,
Bin auch ein Eidgenosse gut,
Und daß mich Gott verdamme,
Vergieß ich Deutscher deutsches Blut!

In Mainz als Feind zu rücken
Reißt mich kein Höllenteufel fort,
Betret ich dort die Brücken,
So sei mir Hand und Schlund verdorrt!
Nicht dürft' ich mich bezechen
Mit frommen Christenleuten mehr!
Mein Waffen lieber brechen,
Als brechen Eid und Mannesehr!«

»La, la«, kirrt Condé, »ferner
Dient Ihr um Doppel-Tripellohn.«
Da bricht vorm Knie der Berner
In Stücke krachend sein Sponton,
Dem Prinzen wirft zu Füßen
Die beiden Trümmer er und spricht:
»Den König laß ich grüßen,
Das deutsche Reich befehd ich nicht!«

Ein Pilgrim

's ist im Sabinerland ein Kirchentor –
Mir war ein Reisejugendtag erfüllt –
Ich saß auf einer Bank von Stein davor,
In einen langen Mantel eingehüllt,
Aus dem Gebirge blies ein harscher Wind –
Vorüber schritt ein Weib mit einem Kind,
Das, zu der Mutter flüsternd, scheu begann:
Da sitzt ein Pilgerim und Wandersmann!

Mir blieb das Wort des Kindes eingeprägt,
Und wo ich neues Land und Meer erschaut,

Den Wanderstecken neben mich gelegt,
Wo das Geheimnis einer Ferne blaut,
Ergriff mich unersättlich Lebenslust
Und füllte mir die Augen und die Brust,
Hell in die Lüfte jubelnd rief ich dann:
Ich bin ein Pilgerim und Wandersmann!

Es war am Comer- oder Langensee,
Auf lichter Tiefe trug das Boot mich hin
Entgegen meinem ewgen, stillen Schnee
Mit einer andern lieben Pilgerin –
Rasch zog mir meine Schwester aus dem Haar,
Dem braungelockten, eins, das silbern war,
Und es betrachtend, seufzt' ich leis und sann:
Du bist ein Pilgerim und Wandersmann.

Mit Weib und Kind an meinem eignen Herd
In einer häuslich trauten Flamme Schein
Dünkt keine Ferne mir begehrenswert,
So ist es gut! So sollt' es ewig sein ...
Jetzt fällt das Wort mir plötzlich in den Sinn
Der kleinen furchtsamen Sabinerin,
Das Wort, das nimmer ich vergessen kann:
Da sitzt ein Pilgerim und Wandersmann.

Epilog

Wer bist du, dunkles Angesicht?
Du überströmest mich mit Tränen –
Die Muse, die dich einst geliebt,
Sie kommt mit dir zu sterben.
Nach Qual und Traum erreichen wir,
Auch wir die tiefe Bläue.

Nachwort

Ein »elitärer Schriftsteller«, ein »blutloser Ästhet« – nicht selten begegnet man solchen harten Urteilen über den schweizerischen Autor, der von anderen Kritikern dagegen wieder gerühmt wird als Vorläufer wichtiger Strömungen der Lyrik des 20. Jahrhunderts und als Meister einer avancierten Erzähltechnik. Im literaturkritischen Urteil umstritten, in seiner literarischen Wirkung nicht unbedingt von brisanter Aktualität, will das Profil C. F. Meyers nur mühsam scharfe Konturen gewinnen. Das liegt wohl nicht nur an der schwer durchschaubaren Persönlichkeit des Dichters selber, sondern genauso am Erkenntnisinteresse des jeweils Urteilenden. Man hat, geistesgeschichtlich, psychoanalytisch oder soziologisch orientiert, jeweilige Wertungskategorien nicht ohne Rigorismus auf Werk und Autor angewandt, ohne beide in ihrem Eigenwert zu belassen. Mit einem bestimmten Erwartungshorizont C. F. Meyer gegenübertretend, trifft der Betrachter auf Undurchdringliches, ja manchmal Abstoßendes. Wenn man das Werk vorurteilslos auf sich wirken läßt – wobei man ganz gewiß auch die Biographie, den historischen Kontext und die Perspektivierung durch die heutige historische Distanz zu berücksichtigen haben wird –, bekommt man einen Blick für die widersprüchliche Eigenart dieser Kunst: die Verschlüsselung in der Offenbarung, die Verhüllung im Bekenntnishaften, die Objektivierung des Subjektiven.

Sorgfältigste Arbeit an den Gedichten, von den *Bildern und Balladen von Ulrich Meister* (1860) bis zu der Ausgabe letzter Hand der *Gedichte* (1892), hat die drei produktiven Jahrzehnte Meyers ständig begleitet. Immer wieder wurde gefeilt und umgeschrieben, aus einem ursprünglichen Gedicht zwei neue gewonnen, ein Gedicht zu einem ganzen Zyklus erweitert (*Huttens letzte Tage* 1871) oder sonstwie bearbeitet: vom Einsetzen eines anderen

Reimworts bis zur völligen Umdichtung (vgl. etwa *Der Hugenott* aus *Zwanzig Balladen von einem Schweizer* 1864 und *Die Füße im Feuer*) gibt es zahllose Varianten. Sie werden eindrucksvoll belegt in der historisch-kritischen Ausgabe der Werke C. F. Meyers (hrsg. von Alfred Zäch und Hans Zeller, Bern: Benteli-Verlag, 1963 ff.) und in Heinrich Henels Arbeit *Gedichte C. F. Meyers. Wege ihrer Vollendung* (Tübingen 1962). Um nur ein Beispiel herauszugreifen: allein von dem berühmten *Römischen Brunnen* (im Vorläufer des endgültigen Gedichtbandes, *Romanzen und Bilder* 1869, hieß es noch *Der schöne Brunnen*) gibt es nicht weniger als sechzehn dokumentierte Fassungen. Unter dem Einfluß solcher Entstehungsgeschichte ist denn auch die Sammlung der *Gedichte* (zuerst erschienen im Jahre 1882) trotz des zyklusartigen Aufbaus schwerlich als einheitliches Gebilde aufzufassen. Sie ist eher als eine Summe vielfältiger lyrischer Tätigkeit zu sehen, in die sämtliche Komponenten der komplizierten Dichterpersönlichkeit C. F. Meyers eingegangen sind: im biographischen Bereich findet man Reminiszenzen an den Selbstmord der Mutter in den vielen Todesgedichten, an das innige Verhältnis mit seiner Schwester *(Ohne Datum)*, an die Liebessehnsucht des isolierten Einzelgängers, aber auch Erinnerungen an die Reisen nach Paris und Italien und Hymnen an die heimatliche Landschaft. Formal spannt sich der Bogen von den großen, heftig bewegten Balladen, die den brillanten Erzähler bezeugen, bis zum knappen lyrischen Stimmungsbild. Entsprechend schwierig ist die literaturhistorische Einordnung des Dichters wie dieses Gedichtbandes. In die Epoche des poetischen Realismus scheint Meyer wegen seiner Eigenständigkeit nicht so recht hineinzupassen; zu vielschichtig ist dazu das Gesamtbild. Alfred Zäch hat es so formuliert, daß die Stilbezeichnung Realismus, trotz Meyers eingestandener Bemühung um realistische Darstellung von Menschen und Dingen, nur sehr bedingt auf ihn anwendbar sei, nämlich insofern »er in seiner Dichtung die Illusion, daß man sich in der wirklichen Welt befinde, nie zerstört« (Alfred Zäch, *Conrad Ferdinand Meyer. Dichtkunst als Befreiung aus Lebenshemmnissen*, Frauenfeld 1973). Häufig wird in der Forschungsliteratur auf die Schwellenlage des Meyerschen Dichtens hingewiesen. Einerseits finde man bei ihm eine realistische Weiterbildung und Umformung der klassisch-romantischen Erlebnislyrik, andererseits sei er der Wegbereiter für den Symbolismus von Rainer Maria Rilke und Stefan George. Besonders die von Meyer entwickelte »neue Technik der Verbindung von Innen und Außen« (Henel 1962, S. 144) sei bahnbrechend für die symbolistische Lyrik gewesen. Zu denken ist dabei etwa an die schöne Selbstverständlichkeit, mit der in *Zwei Segel* sich ein einfaches, realistisches Naturbild zu einem intimen Liebessymbol vertieft. In drei kurzen Strophen wandelt sich die beobachtete Segelbootszene genau von der Mitte des Gedichts an (man beachte die Schlüsselstellung des anthropomorphisierenden Wortes ›Empfinden‹) zu einem Gleichnis von zwei unzertrennlich miteinander verbundenen Lebensgefährten. Die Kunst der Aussparung, die Meyer hier demonstriert, die Wortkargheit, mit der sich der Metaphorisierungsprozeß vollzieht, haben Rolf Schneider in seinem Vorwort zu einer C. F. Meyer-Anthologie (*Gedichte*, Frankfurt a. M. 1970) sogar dazu verführt, Meyer die moderne hermetische Lyrik vorwegnehmen zu lassen. Das ist zweifellos ein gewagter Aktualisierungsversuch, der sicherlich nur in wenigen Gedichten, aber immerhin, seinen Rechtfertigungsgrund findet. Bei dem Bestreben, den literaturhistorischen Ort Meyers festzulegen, ist noch auf Heinrich Henels Deutung der Eigenart des Dichters aus der Verbindung des Schillerschen mit dem Platenschen oder Georgeschen hinzuweisen, wobei das Schillersche nach René Wellek als »von der Idee entzündet und durch die Idee organisiert« zu definieren sei, und das Platensch-Georgesche als »von der Form entzündet und durch die Form organisiert« (vgl. Henel 1962, S. 150). Es geht nicht um einen Versuch, Meyer auf Niveau und Format großer Vergleichsobjekte hinaufstilisieren zu wollen. Vielmehr soll damit der geistesgeschichtliche Kontext seines besonderen Stiles einigermaßen eingekreist werden, der tatsächlich von der oben umschriebenen Form-Inhalt-Problematik gekennzeichnet ist. Der lyrische Ausdruck von manchmal höchst existentiellem Gedankengut erfolgt mit äußerster Ökonomie der Mittel, sowohl mit großer formaler Regelmäßigkeit als mit starker Symbolhaltigkeit.

Es ist einerseits reizvoll, andererseits ein unmögliches Unterfangen, die Meyersche Symbolik zu typologisieren. Eine solche Fülle von Symbolen durchzieht den ganzen Gedichtband, daß man fast zu der Behauptung neigt, jede Metapher könne mit symbolischer Bedeutung aufgeladen werden. Es kann sich dabei um ganz konventionelle Symbole aus der lyrischen Tradition handeln, wie die erlöschende Kerze oder (Lebens-)Flamme, aber auch um aus der persönlichen Lebenserfahrung gespeiste Symbole, wie bei den zahlreichen Wasser-, Blumen-, Baum- und sonstigen Natursymbolen. Auch aus dem biblischen und mythologischen Bereich sind Symbole abgeleitet worden, besonders auffällig das immer wiederkehrende Boot-Motiv. Die mit dem jeweiligen Auftreten zu verbindenden Assoziationen können ganz verschiedenartig sein. Das so häufige Motiv des Bootes z. B. haben wir bereits in *Zwei Segel* kennengelernt als durchaus optimistisches Symbol für Leben und Liebe; in *Eingelegte Ruder* wird das stilliegende, vom Ruderer apathisch dem Dahintreiben überlassene Boot zur Grenzstation zwischen der ›blauen Tiefe‹ der Vergangenheit und dem ›Licht‹ der Zukunft – eine lethargische, pessimistische Lebenshaltung demonstrierend. *Im Spätboot* scheint zunächst eine alltägliche Dampferfahrt zu beschreiben, aber bereits in der dritten Zeile ›erkaltet‹ dem lyrischen Ich ›das Herz‹; weitere Signale (das Verstummen von Lust und Schmerz, der schwarze Rauch, die aussteigenden ›Schatten‹) machen klar: der Steuermann aus den Schlußzeilen ist kein anderer als Charon, der den ›Schlummrer‹ über den Styx ins Schattenreich hinüberfährt. Drei verschiedene Gedichte – dreimal das gleiche Motiv – drei verschiedene Themen.

Ein starker lyrischer Wille ist durchweg spürbar: auch noch aus den Abgründen der Einsamkeit, aus der Sehnsucht nach Liebe wird ästhetische Schönheit gewonnen. Die Wirklichkeit, oder doch C. F. Meyers Wirklichkeit, ist in die Brüche gegangen und wird dennoch im Gedicht lyrisch harmonisiert durch eine buchstäblich erlesene, artifiziell anmutende Sprache. Wenn Meyer Idyllik heraufbeschwört, evoziert er gleichzeitig, aber wohl unbewußt, deren Brüchigkeit. Der rührend naive Versuch, sich in die Tradition des Erlebnisgedichts einzureihen, macht gerade die Sonderstellung des Dichters außerhalb jener Tradition sichtbar. Es gibt nicht mehr die nahtlose Einheit zwischen dem lyrischen Ich und einer heilen Welt, sondern nur durch Verhüllung und Maskierung vermag es sich in einer unheilvollen Welt einigermaßen zu behaupten. Das hängt sicherlich auch zusammen mit der gefährdeten psychischen Konstitution C. F. Meyers – die biographischen Tatsachen sind nur allzu bekannt: die einsame Jugend, die Nervenkrankheit, der Selbstmord der Mutter, die starke, zu manchen Gerüchten Anlaß gebende Bindung an die Schwester, der Kampf um bürgerliche Anerkennung des bis dahin so unbürgerlich-leistungslos dahinlebenden Vierzigers, die späte und ziemlich unglückliche Heirat, schließlich die geistige Umnachtung. Eine so problematische Existenz lyrisch zu harmonisieren, kostete Kraft und Anstrengung: das endlose Feilen an den »Sächelchen« deutet es an. Daher der oft gehörte Vorwurf der kalten Pracht in Meyers Gedichten. Aber wenn auch das Künstliche und das Intellektuelle, im anspruchsvollen historischen und kulturhistorischen Niveau der Kunstgedichte etwa, eine alles überlagernde Schicht zu sein scheinen, so ist diese Kälte eben doch nur scheinbar: es ist die Kälte der Maske, die die Not und die Trauer nur verhüllt; Verhüllung durch Symbolisierung – die im Symbolischen angedeutete Verallgemeinerung wird sogar zur Allegorie, wenn das Gedicht mit dem Symbol kongruent ist. Dies ist etwa im *Römischen Brunnen* und in *Zwei Segel* der Fall: der personale Bezug, die private Emotionalität sind hier völlig

durch die Symbolisierungsabsicht abgedeckt. Aber so verschlossen diese und vergleichbare Gedichte zum Autor hin sind, so offen sind sie für den Leser: sie bieten freiesten Interpretationsraum. Hier ist der Lyriker C. F. Meyer am modernsten – es ist die Modernität der Zeitlosigkeit.
Es gibt eine Reihe von lyrischen Gattungen, deren Bild in der deutschen Literaturgeschichte in starkem Maße von C. F. Meyer mitgeprägt worden ist. Daß sein erzählerisches Talent besonders in der Ballade heimisch war, liegt auf der Hand. Sie bildet entstehungsgeschichtlich auch den Ausgangspunkt von Meyers lyrischen Versuchen, wenn auch zunächst in ihrer langatmig-breiten Vortragsweise eher episch geartet. Nach den Raffungen und Dramatisierungen der späteren Bearbeitungen stehen nun aber in den *Gedichten* einige vorbildliche Exemplare des Genres, die keine Anthologie der »Deutschen Ballade« übergehen möchte. Am berühmtesten wohl *Die Füße im Feuer*, eine konzentrierte Novelle, im Stofflichen erinnernd an die erste Erzählung *Das Amulett*, in der grausamen Hektik des Ereignisses atmosphärisch vergleichbar mit *Jürg Jenatsch*. Noch weiter läßt sich die Parallele mit dem Erzählwerk verfolgen. Die personale Perspektive der Darstellung, aber auch die zeitliche Schichtung von Erlebnis und Erinnerung sind typische Techniken des Erzählers von Rahmennovellen. Die unerwartete Rückkehr eines Hugenottenverfolgers an die Stätte seines Verbrechens ruft die Erinnerung an die vor drei Jahren verübte Mordtat wach. Leitmotivisch beschwört der Satz »Zwei Füße zucken in der Glut« das Grauen von damals und das Alptraumhafte der Erinnerung. Moralisierend dann der Ausgang in der Gegenwartsschicht: die Angst des unbelehrten Mörders vor der Rache des Schloßherrn wird von dessen Christentum beschämt. Auch hier also die Ästhetisierung des Grauens, in diesem Fall nur mühsam legitimiert durch die religiöse Schlußwendung. Ganz Ähnliches findet man in *Die Rose von Newport*. Kraß stehen sich in der exakten Parallelität des Aufbaus die beiden Bilder als Positivum und Negativum gegenüber, in der

ersten Hälfte Karl von England als blühender Prinz, im zweiten Teil als zu Tode gehetzter Flüchtling. Der volksliedhafte Schlußzweizeiler »Morgen erzählen die Linden das Märchen / Von dem enthaupteten König von England« harmonisiert das Vorangegangene nur noch scheinbar: der versöhnliche Sprachgestus steht in schaudererregendem Widerspruch zum Mitgeteilten. Hier trifft sich Meyers gestalterische Eigenart genau mit den Erfordernissen der Gattung.

In vielen Gedichten wird Bildungsgut vermittelt. Szenen aus der griechischen Mythologie, aus orientalischen Märchen, aus Geschichte und Zeitgeschichte stehen neben Reisebildern aus Italien und neben Gedichten, die ihren Ausgangspunkt in einem Werk der bildenden Kunst haben. Bekanntlich sind solche Bildbeschreibungen auch im Erzählwerk Meyers außerordentlich häufig. Ob in *Jürg Jenatsch*, *Der Heilige*, *Gustav Adolfs Page* oder *Die Versuchung des Pescara*, immer wieder gibt es Gemälde oder Statuen, deren Beschreibung in der Regel die Funktion einer unheilschwangeren Vorausdeutung erfüllt. Besonders auffällig unter den Kunstgedichten sind die über Michelangelo, mit dem Meyer wohl eine enge geistige Verwandtschaft zu verspüren meinte. Sehr bescheiden in der Wahl seiner Vorbilder war er nie. Wie er sich in *Die Hochzeit des Mönchs* nicht zu scheuen brauchte, die Erzählarbeit in den Mund Dantes zu legen, so ist das Rollengedicht *Michelangelo und seine Statuen* ein Monolog von Michelangelo selber. Die Anschauung einiger seiner berühmtesten Statuen bringt ihn zu einer Betrachtung über die Zeitlosigkeit der Kunst und die Vergänglichkeit des Künstlers. So findet sich das Todesmotiv hier auch im Kunstgedicht – auf Grund der Motivik gibt es zahlreiche Querverbindungen zwischen den von Meyer bevorzugten lyrischen Gattungen.

Verwandt mit dem Kunstgedicht und bei Meyer als Objektivierungsversuch in der Beschreibung von Seiendem erwartungsgemäß vorhanden ist das Dinggedicht. Die von solcher Etikettierung suggerierte Eindeutigkeit trifft selten zu – die Etiketten sind ja auch nur Hilfsmittel der Literaturwissenschaft. Haben wir oben schon angedeutet, daß es mit der lyrischen Objektivität Meyers eine eigene Bewandtnis hat, so geht das Problematische eines Kategorisierungsversuchs mit aller wünschenswerten Deutlichkeit aus einem Dinggedicht wie *Reisebecher* hervor, das keineswegs objektiv beschreibend ist. Atypisch für die Gattung Dinggedicht, sofern man sie anerkennen will, ist auch das Vorhandensein eines lyrischen Ich, dessen Erinnerungen beim Wiederfinden des vor langer Zeit intensiv gebrauchten Reisebechers den eigentlichen Kern des Gedichts ausmachen. Es sind Gedanken eines alten Mannes über das Vergangene und die Vergänglichkeit – so verknüpft sich die Gegenständlichkeit des Dinggedichts mit dem Motiv der Zeit und der Zeitlichkeit. Meyers Dinggedichte zeigen die Dinge in ihrer Bewegung, oder sie zeigen die Objekte in ihrer Handhabung durch ein betrachtendes Subjekt. Auch das ist ein typisch Meyersches Verfahren, dem man ähnlich in den Naturgedichten begegnet. Es geht nicht um die Eigenständigkeit der Natur, auch nicht bei der majestätischen Größe der schweizerischen Alpenlandschaft, sondern es geht um die Rolle des Menschen in der Natur, um die Bedeutung der Natur für den Menschen. Deutliches Beispiel dafür ist *Die Felswand*. Der erste Anblick suggeriert die menschenfeindliche Abgeschlossenheit der Landschaft: ›Feindselig, wildzerrissen steigt die Felswand‹. Der Dichter läßt dann aber ein betrachtendes ›Auge‹ über die Landschaft gehen, das zweierlei Funktion für den weiteren Verlauf des Gedichts hat: es nuanciert und humanisiert. Es erkennt die Einzelheiten der Felswand, wodurch das Naturbild sich erst vervollständigt, und es zeigt in diesem allmählichen Durchdringen der Landschaft die Eingriffe der Menschen: ›ein Brücklein‹, es ›sind Stapfen eingehaun‹, man erkennt ›den ganzen Pfad‹. So entwickelt sich durch das Auge des Betrachters im Gedicht vor dem geistigen Auge des Lesers die ursprüngliche schroffe Ablehnung der Natur von Feindseligkeit zu Gastlichkeit; die letzte Zeile lautet: ›Und gastlich, siehe, wird die steile Felswand‹.

Viel Mühe hat C. F. Meyer auf die sorgfältige Komposition seines Gedichtbandes verwendet. Zwar haben wir auf die Verschiedenartigkeit der Formen und Gattungen hingewiesen, aber daneben ist die Fülle von Querverbindungen zwischen den einzelnen Bausteinen nicht zu verkennen. Sie sind vor allem motivischer und thematischer Art, und auf diesen Bereich richtete sich denn auch der kompositorische Wille des Dichters. In ihrer zyklenartigen Gruppierung gewinnen die einzelnen Gedichte neue Aspekte durch ihre Umgebung. Das ganze Werk entfaltet sich so in neun Teilen – ein Hinweis auf die Neunzahl der Musen, die ja auch in so manchem Gedicht angerufen werden. Die knappen Überschriften der einzelnen Abteilungen geben deutliche Indizien für Stimmung und Inhalt des jeweiligen Zyklus. Sie sprechen für sich.

Werfen wir einen Blick auf die Wirkungsgeschichte des Meyerschen Gedichtwerks, so fehlt es nicht an positiven wie an negativen Stimmen. Die Vorwürfe liegen nach dem oben Ausgeführten auf der Hand. Sie sind auch seit der Entstehungszeit konstant. Am bündigsten hat sie Meyers Zürcher Zeitgenosse und Kollege Gottfried Keller formuliert: »Zu Meyers Prosawerk«, so resümiert David A. Jackson, »fand er keinen rechten Zugang; es schien ihm theatralisch, prunkvoll-überladen, manieriert und durch blutige, sittlich anfechtbare Szenen entstellt. Über das Gedichtwerk äußerte er sich positiver, nur sei auch da ›manches wie herrlich gemachte künstliche Blumen‹, das Werk eines seelenlosen Formkünstlers: ›Er hat ein merkwürdiges schönes Talent, aber keine rechte Seele; denn er ciselirt und feilt schon vor dem Guße‹.« (*Conrad Ferdinand Meyer*, Reinbek 1975, S. 91). Das ist eine ziemlich typische Äußerung: Wer spontan artikulierten Gefühlsüberschwang erwartet, kommt bei C. F. Meyer entschieden zu kurz. Daher erklären sich die abfälligen Urteile vom Typus Keller. Das Lager der Bewunderer dagegen gibt zwei Richtungen zu erkennen. Wer ein Auge hat für das Technische, das Artifizielle, das im wörtlichen Sinne Gemachte der Lyrik, weiß

Meyer ebenso zu schätzen wie derjenige, der bereit ist, durch den Panzer des äußeren Glanzes zum existentiellen Kern dieser Lyrik vorzudringen. Daß auch schon die Zeitgenossen die technische Meisterschaft Meyers anerkannten, beweist Carl Spitteler: »Über den Meyerschen fünffüßigen Jambus ließen sich ganze Abhandlungen schreiben. Er hat ihm Lyrik entlockt. Die Kunst, ohne jeden Ton, ganz allein durch das Wortbild, in einem anspruchslosen Metrum, das überdies noch nach Kräften durch Überleitungen durchbrochen wird, die erhabenste Stimmung zu erzielen, ist hier zu absoluter Vollendung ohne überflüßigen Rest eines Wortes gediehen. Und diese Kunst ist neu. Die Klassiker zeigen uns nichts Ähnliches. Gedichte wie ›Stapfen‹ oder ›Erntegewitter‹ oder ›Das beerdigte Herz‹ sind inhaltlich wie technisch von mustergiltiger Vollendung, neue Gebiete der Lyrik für alle Zeiten eröffnend« (*Neue Zürcher Zeitung*, 9. Juli 1891, Nr. 190, Erstes Blatt). Kein Geringerer als Hugo von Hofmannsthal hat mit psychologischem Scharfsinn den Kern von Meyers Gedichtwerk erfaßt: »Bei Meyer aber ist es so, daß die höchste, besonderste Inspiration, der edle Gram, die bewußte, fast mit Glück empfundene Todesnähe und über alles ein ihm eigenes tiefstes und dennoch mutiges, ja beinahe trunkenes Bangen – ihn zugleich zum unbedingten Meister der Sprache macht. Nicht die Zeile nur, nicht die einzelne Strophe wird herrlich; das ganze Gedicht durchwaltet dann eine gedämpfte, melodische Trauer, eine finstere Kühnheit, der jeder Klang und Fall gehorcht. So enthält dieser Band neben den zweihundert Gedichten, die zu lesen bemühend sind, ihrer vielleicht zwölf oder fünfzehn, die dem höchsten Rang sich nähern, und sieben oder acht, die ihn erreichen. Damit tritt der Lyriker C. F. Meyer in die kleine Schar der wenigen großen Dichter der Deutschen« (*Gesammelte Werke in Einzelausgaben. Prosa IV*, Frankfurt a. M. 1955, S. 280). Das ist wohl das Genaueste, was man an Würdigung sagen kann. Aus der Kombination dieser beiden als positiv bewerteten Aspekte, des artistischen Bewußtseins und der fast dialektischen Darstellung einer brüchig gewordenen Gesellschaft, erklärt sich dann auch die Möglichkeit einer Neubewertung Meyers in der Gegenwart, wie man sie bei Rolf Schneider findet: »Diese Gedichte sind so makellos wie modern. Ihre Modernität korrespondiert zu dem absichtslosen, doch deutlich wahrnehmbaren Traditionsbruch, den Meyers Lyrik vollzieht. Mit Unterkühlung, Dissonanz, Hermetismus, Klangwirklichkeit, mit der Divergenz zwischen Zeichen und Bezeichnetem und dem, was Ortega die Enthumanisierung der Kunst nannte, werden wesentliche Tendenzen heutiger Poesie vorgegeben oder angedeutet. Meyers Gedichte, seine besten, artikulieren die Grundstimmung einer anbrechenden Epoche und artikulieren sie mit den angemessenen Mitteln« (1970, S. 30). Das ist, wie gesagt, des Lobes fast zu viel und in bezug auf die Enthumanisierung auch durchaus zu kritisieren, aber es deutet doch etwas an von den Möglichkeiten gegenwärtiger Rezeption.

So bleibt letztlich beim Betrachter die Zwiespältigkeit der Dichtergestalt C. F. Meyer bestehen. Einerseits der vornehme Poet hoher Intellektualität, Vermittler abendländischen Bildungsguts jeder Epoche unter Bevorzugung von Mythologie und Renaissance, Dichter der ausgeklügelten Form und der prunküberladenen Wortwahl. Andererseits der schwer zu durchschauende Lyriker, der mit melancholischer Trauer Abgründe ahnen läßt, der lebenslänglich darum ringen mußte, die psychische Gefährdung seiner eigenen problematischen Existenz mit einem nie verlassenen ethischen und religiösen Glauben an den Fortschritt der Menschheit in Einklang zu bringen. Das alles ist zum Teil sehr zeitgebunden: der aristokratisch, ja plutokratisch denkende Spätbürger der Gründerzeit dichtete mit durchaus elitärem Bildungsbewußtsein. Daneben aber, und wichtiger, der besondere Ernst eines sensiblen Dichters, der hinter der Maske von Schönheit und Idyllik seinen Kampf austrägt gegen die grausame Härte einer feindlichen Welt. Objektivität und Subjektivität, Verhüllung und Bekenntnis – aus diesem spezifischen Spannungsverhältnis sind großartige Gedichte hervorgegangen. »Und ob verstohlen auf ein Blatt / Auch eine Träne fiel, / Getrocknet ist die Träne längst, / Und alles war ein Spiel.«

Sjaak Onderdelinden

Verzeichnis der Überschriften und Gedichtanfänge

Conrad Ferdinand Meyer

IN RECLAMS UNIVERSAL-BIBLIOTHEK

Das Amulett. Novelle. 78 S. UB 6943 – dazu *Erläuterungen und Dokumente.* 68 S. UB 8140

Gustav Adolfs Page. Novelle. Anmerkungen und Nachwort von Sjaak Onderdelinden. 78 S. UB 6945

Der Heilige. Novelle. 157 S. UB 6948

Die Hochzeit des Mönchs. Plautus im Nonnenkloster. Novellen. 157 S. UB 6950

Jürg Jenatsch. Roman. 276 S. UB 6964

Die Leiden eines Knaben. Novelle. Mit einem Nachwort von Louis Wiesmann. 79 S. UB 6953

Die Richterin. Novelle. 96 S. UB 6952

Sämtliche Gedichte. Mit einem Nachwort von Sjaak Onderdelinden. 278 S. UB 9885

Der Schuß von der Kanzel. Novelle. 61 S. UB 6944

Die Versuchung des Pescara. Novelle. 143 S. UB 6954

Philipp Reclam jun. Stuttgart

Lyrik-Ausgaben

IN RECLAMS UNIVERSAL-BIBLIOTHEK

Deutsche Literatur · Auswahl
